IL FIGLIO SEGRETO DEL CYBORG

PROGRAMMA SPOSE INTERSTELLARI: LA COLONIA - 7

GRACE GOODWIN

Il figlio segreto del cyborg
Copyright © 2019 by Grace Goodwin

Tutti i diritti riservati. Nessuna parte di questo libro può essere riprodotta o trasmessa in qualsiasi forma o modo, elettronico o meccanico, incluse fotografie, registrazioni o per mezzo di altri sistemi di archiviazione e recupero, senza il permesso scritto dell'editore.

Pubblicato da KSA Publishing Consultants Inc. 2019
www.gracegoodwin.com
Goodwin, Grace

Il figlio segreto del cyborg

Progettazione di copertina di KSA Publishers 2020
Immagini di Period Images; Deposit Photos: imagedb_seller, Improvisor, Angela_Harburn

Questo libro è adatto a *soli adulti*. Le violenze corporali e le attività sessuali rappresentate in questo libro sono opere di pura fantasia e concepite per lettori adulti.

ISCRIVITI ALLA NEWSLETTER

Iscriviti alla mia mailing list per essere il primo a sapere di nuove uscite, libri gratuiti, prezzi speciali e altri omaggi di autori.

http://ksapublishers.com/s/bw

1

Jorik, Centro Elaborazione Spose Interstellari, Florida, Terra

LA MIA BESTIA si agitò vedendola passare davanti ai cancelli del Centro Elaborazione Spose Interstellari. Una guardia umana teneva gli occhi incollati sul suo corpo formoso che ondeggiava con fare seducente, godendosi la vista di quei fianchi larghi e del seno pesante che rimbalzava a ogni passo. Indossava quelli che gli umani chiamavano "pantaloncini" e che, su di lei, mettevano in bella mostra un paio di gambe lunghe e ben formate e fin troppa pelle. I capelli le arrivavano a metà della schiena, una massa scintillante di liquido nero. Erano così lisci e così scuri che la luce del sole, colpendoli con la giusta angolazione, creava delle bellissime sfumature di blu scuro.

Di fianco a me, il sergente Derik Gatski, un vero e proprio bruto – specie per essere un umano – cacciò un lungo fischio. "Ci vorrebbe un po' di crema dentro quel bombolone."

Prima ancora che finisse la frase, lo avevo già preso per il collo e lo avevo sollevato da terra. "Non osare mancare di rispetto a quella donna. Mai."

Derik sgranò gli occhi, terrorizzato, ma sapeva che non era il caso di afferrare il blaster che portava legato alla vita. Saggiamente, alzò le mani in aria mostrandomi i palmi in segno di resa. "Mi dispiace, signore, non sapevo fosse sua."

Non lo corressi – lei non era mia... non ancora – ma lo rimisi giù evitando di spezzare il suo fragile corpo nella mia mano. Il suo ghigno era fastidioso. Mi voltai dall'altra parte per evitare il suo sguardo malizioso e diressi la mia attenzione verso la mia futura compagna.

Sarebbe stata mia. Ormai erano settimane che la corteggiavo, ogni scusa era buona per andare nel negozio di gelati e fare quattro chiacchiere con lei. La prima volta che mi aveva visto era rimasta sciocccata. Spaventata dalla mia stazza. Dalla mia voce profonda. Dalla mia forza. Da me.

E di certo io non la volevo così. Io la volevo eccitata, pronta a concedersi a me. Volevo il suo soffice corpo premuto contro il mio, il mio cazzo dentro di lei. Volevo che le sue urla di piacere facessero andare la mia bestia fuori di testa.

Non volevo che mi temesse. Speravo in qualcosa di più. Ero quasi pronto a fare la mia reclamazione. La mia bestia era in fermento, ed era arrabbiata con me, che ci stavo mettendo così tanto tempo a darle ciò che voleva.

Ma io non ero fuori controllo, non ancora. Non ero in preda alla febbre d'accoppiamento. Avevo ancora una scelta. E avevo scelto lei.

Mia.

La mia bestia ruggì pronunciando quell'unica parola nella mia testa, mentre vidi Gabriela attraversare la strada ed evitare i manifestanti che marciavano dall'altra parte della strada. Andava di fretta per non fare tardi a lavoro. Stava sempre a guardare l'orologio. Che tecnologia antiquata, gli orologi. E quelli umani non erano mai precisi.

Spesso, quando parlavamo, io non riuscivo a capire tutto quello che diceva, ma mi piaceva quello che vedevo. Quello che sentivo. Mi piaceva tutto di lei. No, "piaceva" non rende l'idea. È una parola debole, da terreste. Io la bramavo. Il cazzo mi si ingrossava ogni volta che pensavo a lei. Mi prudevano le mani, volevo afferrarla per i fianchi e farla mia.

Oh, sì, mia.

Volevo quel bombolone, e volevo metterci dentro la mia crema.

La mia bestia era d'accordo con me. Il lato più primitivo di me si era destato fin dalla prima volta che l'avevo vista, e non era successo grazie alle sue curve deliziose, ma al suo profumo. Ogni giorno, mentre si recava a lavoro, sentivamo la sua inconfondibile dolcezza che aleggiava nell'aria. Biscotti e vaniglia. Prima di arrivare qui, non conoscevo nessuna di queste due cose, ma alla mia bestia piacevano un sacco. Andando così spesso nel suo negozio, che tanto la bestia quanto l'uomo ne erano diventati dipendenti. Mi veniva l'acquolina in bocca, mi chiedevo se lei avesse lo stesso sapore del suo gelato... dappertutto.

Ogni mattina alla dieci, Gabriela ci passava davanti, con indosso la sua T-shirt – che non faceva nulla per nascondere i suoi seni pesanti – con su scritto "Sweet Treats" sulla schiena. Avevo imparato che Sweet Treats Ice Cream Shop era un negozio di dessert congelati che si trovava a pochi isolati dal centro elaborazione, ma preferivo pensare che le parole che aveva scritte sulla maglietta si riferissero a lei in particolare. Volevo che fosse lei il mio dolcetto, il mio *Sweet Treat*.

Volevo sentirla mentre pronunciava il mio nome. La desideravo da morire.

Ormai erano quattro mesi che ero di stanza sulla Terra. Ci era permesso lasciare il complesso, ma potevamo allontanarci al massimo entro un perimetro di dieci chilometri. Lo sapevano tutti che c'erano delle guardie aliene che lavoravano al Centro Elaborazione Spose, ma noi conoscevamo solo le persone che vivevano e lavoravano qui intorno. I governi della Terra ritenevano che, se ci fossimo allontanati troppo, la gente sarebbe andata nel panico nel trovarsi di fronte a un Prillon dorato di un metro e novanta, o a un Atlan bestiale di due metri. I governi umani avevano acconsentito con riluttanza a far entrare le guardie aliene nei perimetri dei sette centri elaborazione sparsi sulla Terra. Le spose e i soldati passavano attraverso queste porte, e a noi servivano entrambi. Dopo che gli umani si erano dimostrati incapaci di tenere le spie e i traditori fuori dai loro centri, il Prime Nial aveva ordinato di rafforzare le misure di sicurezza.

I governi della Terra avevano accettato, seppur con riluttanza, ma avevano richiesto che noi lavorassimo con gli umani. E questo spiega la guardia umana che aveva osato mancare di rispetto alla mia donna e la donna umana dietro di lui. I due soldati della Terra lavoravano sempre insieme a me, erano i miei contatti umani.

Dei custodi, più che altro, dei custodi che servivano per impedire all'Atlan di trasformarsi in un mostro e mangiare i bambini.

Il mio turno sarebbe finito tra due ore, e avrei passato ogni singolo minuto a pensare a lei. Di certo non mi sarei preoccupato dei paranoici umani sul marciapiede dall'altra parte della strada che tenevano in mano dei cartelli pieni di strane scritte. Avevo rinunciato da tempo a cercare di capire cosa volessero dire. Slogan tipo *"E.T. vattene a casa!"*, *"Gli alieni ci stanno RUBANDO le nostre donne!"* – l'aggiunta delle lettere più grandi era fonte di costanti battute all'interno degli alloggi delle guardie – e *"Tua figlia non dovrebbe essere la schiava sessuale di un alieno"*.

Schiava sessuale?

Pensai alla donna che volevo fare mia e rabbrividii. L'umanità aveva così tante cose da imparare. Noi le nostre donne le veneravamo. Le rispettavamo. Le trattavamo con la massima cura, le custodivamo... erano preziose.

Non le torturavamo né le uccidevamo in preda alla rabbia o alla gelosia. Non prendevamo i loro corpi senza permesso, non le picchiavamo né le umiliavamo. Ogni bambino era preziosissimo, non importava chi fosse il padre. Gli umani che stringevano quei cartelli ci stavano accusando di essere dei selvaggi.

In base a quello che avevo visto sulle televisioni di questo mondo, ogni singola donna della Terra avrebbe avuto una vita migliore da qualche altra parte nell'universo.

Forse avremmo dovuto prenderci tutte le donne e lasciare che lo Sciame si occupasse degli umani.

La mia bestia ringhiò, era d'accordo con me. Era pronta ad emergere e a pestare tutti questi idioti davanti a noi. Di recente capitava spesso che la mia bestia avesse un'unica parola da pronunciare dentro la mia mente: *mia. Mia. Mia.*

"Ehi, Jorik. Sei con noi?" La guardia umana che mi aveva

sorriso due ore fa mi diede una pacca sulla spalla. "Jorik? Abbiamo visite."

Mi alzai in silenzio, aspettando che l'umano che puzzava di alcool e tabacco mi si avvicinasse.

"Sembra che sia fatto. Non riesce nemmeno a parlare." Derik fece un passo in avanti, il suo esile corpo era più un intralcio che altro, avessi scelto di scaraventare l'umano via di qui. Eppure, ero ben contento che fosse Derik ad occuparsi di questo problematico membro della sua stessa specie. "Ci penso io. Questo tizio è strafatto. Non ti trasformare, Jor…"

Io i nomignoli li odiavo.

Dietro all'invasore, vidi la Custode Morda che si avvicinava ai cancelli, pronta a cominciare il proprio turno di lavoro. Stringeva il badge in mano, ma la mano le tremava così tanto che per tre volte provò a far leggere il badge dallo scanner e per tre volte fallì.

Quella donna silenziosa era così spaventata dall'umano puzzolente da avere problemi nello svolgere anche dei compiti così elementari? Se era così nervosa, ora, qui, con le guardie pronte a difenderla e a proteggerla, come si comportava quando era da sola?

Basta.

Mi avvicinai al cancello, presi il badge dalla mano della Custode Morda e lo passai sullo scanner per farla entrare. Le tenni aperto il cancello e usai la mia enorme stazza per impedirle di vedere l'idiota ubriaco che stava facendo a gara di strilli con Derik.

La custode mi guardò e poi, come sempre, riprese frettolosamente a camminare. Era l'esatto opposto della Custode Egara. Là dove Egara era fiera e audace, questa piccola donna sembrava avere paura della sua stessa ombra. Parlava a malapena e non guardava quasi mai i guerrieri che avrebbero volentieri donato le loro vite pur di proteggerla. Era una Custode del Programma Spose Interstellari. Donava speranza ai guerrieri che combattevano in giro per la galassia, donava loro la speranza di trovare una sposa.

"Buonasera, Custode Morda. Non si lasci intimorire da quell'idiota di un ubriacone. Non gli permetterei mai di farle del male."

La Custode sobbalzò, come se il mio comune gesto di cortesia l'avesse spaventata. "Grazie, Jorik." Mi sorrise con fare timido e corse dentro.

Che strana donna. E il suo corpo emanava uno stucchevole odore floreale che non mi piacque per niente. Ma era una persona importante per tutti i guerrieri della Flotta, per la Terra. Era piccola, fragile e donna. Era tutto ciò che mi serviva sapere per offrirle la mia protezione.

Lasciato il perimetro del Centro Elaborazione, non ci era permesso portare con noi le nostre armi, così chiusi la mia sottochiave. Il mio corpo era l'unica arma di cui avevo bisogno.

Persino all'interno del perimetro entro il quale ci era concesso spostarci io rimanevo sempre e comunque una stranezza. La gente mi fissava. Le macchine inchiodavano. Era diventato ovvio sin dalla prima volta che ero andato ad esplorare l'area che qui non vivevano umani alti due metri. Se ce n'erano, io non li avevo visti. Non era facile per me mischiarmi tra la folla, a differenza dell'Everian che lavorava di sera o del Viken che era tornato a casa la settimana scorsa. Almeno io parlavo la lingua: parlare correttamente inglese era un prerequisito necessario per essere assegnati a questo centro sulla Terra, dal momento che agli umani non veniva data nessuna NP quando erano piccoli – a differenza di quanto accadeva sugli altri pianeti della Coalizione.

La prima volta che ero entrato nel negozio di gelati me ne ero rimasto lì in piedi a godermi il profumo. Zucchero, prodotti da forno, vaniglia e... cazzo, lei. In piedi dietro al bancone, Gabriela mi guardò, e allora capii di essere spacciato.

Oggi mi sorrise. "Ciao, Jorik. Che vuoi oggi? Ho qualche nuovo gusto che potrebbe interessarti."

C'era un unico gusto a cui ero interessato, ma feci un passo in avanti, felice che il negozio fosse vuoto. "E che gusto è?" La tua fica bagnata? La tua pelle soffice? Ne prendo uno di ognuno...

"Purea di mostro." Si mise a ridere, stuzzicandomi. La mia bestia ringhiò dicendo *"Mia"* e io ero d'accordo con lei. I suoi occhi scuri erano caldi, non aveva paura che fossi quasi il doppio di lei. Siccome ogni mattina passava davanti al Centro Elaborazione per arrivare a lavoro, aveva visto quasi tutte le guardie aliene che vi lavoravano. Le conosceva. Non attraversa la strada in preda alla paura. Ma quello accadeva quando noi eravamo al nostro posto, mentre lavoravamo. Qui, nel suo negozio, ero sollevato nel vedere che non mi temeva più.

Mi sorrise di nuovo. "Vaniglia, cioccolato e fragola con in mezzo gli orsetti gommosi, sono quelli i *mostri*. I bambini ne vanno pazzi."

Quando si girò, per poco non tirai un sospiro di sollievo quando riuscii a vedere lo strano rettangolino di plastica che aveva attaccato all'uniforme. C'era scritta un'unica parola. Finalmente. Un nome. Gabriela.

"Grazie, Gabriela."

"Come fai a sapere come mi chiamo?" Il suo sorrisetto gioioso spinse la mia bestia a pavoneggiarsi.

Indicai il rettangolino di plastica. "È scritto lì."

Si guardò i suoi ampi seni e le sue guance arrossirono leggermente quando sollevò lo sguardo e mi vide che la stavo fissando.

"Oh, sì. Sono nuovi. Il proprietario li ha appena comprati."

Volevo passare la mano sui suoi capelli neri, sentire le ciocche tra le dita. Volevo affondare il naso nel suo collo, inalare il suo profumo, leccare il battito del suo cuore. E poi più in basso... cazzo, volevo leccarla dappertutto, affogare nella sua morbidezza, assaporare la sua essenza. Senza dubbio sarebbe stata bagnata, calda e appiccicosa, pronta per essere leccata. E mentre leccavo il cono gelato che mi aveva dato, di certo non stavo pensando a questa fredda miscela di sapori. Volevo leccarle lei. Volevo assaporarla. Volevo divorarla.

2

orik

SI FECE ROSSA in viso e il suo sorriso svanì. Si girò dall'altra parte e cominciò a darsi da fare con un computer.

Basta. Per oggi l'avevo spinta a sufficienza. La mia bestia non era d'accordo con me e ringhiò. Andai a sedermi in un angolo, lontano sia da lei che dalla porta. Girai la sedia così da far finta di non notarla mentre mi lanciava continue occhiate. La mia bestia si oppose, con forza, ma io non ero un animale. Non ancora. Non volevo spaventarla.

La volevo famelica. Eccitata. Pronta per il mio tocco. Per il mio cazzo.

Quel primo giorno mi aveva offerto un cono pieno di gelato alla vaniglia. Il giorno dopo era toccato al cioccolato. Ogni giorno mi faceva provare un nuovo gusto. Dopo una settimana ancora non li avevo ancora provati tutti. Ma a me dei gelati non me ne fregava un cazzo. A me importava solo vederla sorridere ogni volta che entravo nel suo negozio, mi importavano le nostre dita che si sfioravano, quando mi passava il gelato che avrebbe dovuto darmi un po' di respiro dall'afa della Florida.

Ma era impossibile. Non avrei avuto un attimo di respiro fino a quando non l'avrei fatta mia. Fino a quando non l'avrei penetrata, riempita con il mio seme. Fino a quando non l'avrei reclamata.

Ero contento. Per ora. Parlavamo, e ogni giorno imparavo qualcosa di nuovo su di lei. Era figlia unica e aveva vissuto per tutta la vita in Florida. I sui genitori erano morti, ma non era entrata nei particolari. Il negozio di gelati non era sua, ma lei lo gestiva. Il suo sogno era di aprirne uno tutto suo invece che lavorare per qualcun altro, sebbene avevo imparato che non aveva abbastanza soldi da poter seguire questa sua passione.

E ciò la rendeva vulnerabile. Lavorare per qualcun altro. Era dipendente dal comportamento e dai capricci di quell'altro essere umano. Non mi piaceva sapere che la sopravvivenza della mia donna dipendeva da qualcun altro.

No. L'avrei conquistata. Reclamata. E mi sarei preso cura di lei.

Se me lo avesse permesso.

Ma non qui. Non potevamo vivere insieme sulla Terra. Il governo umano non ce lo avrebbe mai permesso. Per poter stare insieme, Gabriela avrebbe dovuto abbandonare la Terra per sempre. Avrebbe dovuto abbandonare la sua vita. Il gatto arancione del vicino, la cui foto era appiccicata al muro dietro alla cassa. Avevo scoperto che quella creatura si chiamava Zucca – dal nome di un ortaggio della Terra dello stesso colore.

Il fatto che una creatura dagli artigli affilati che uccideva piccoli mammiferi e uccelli fosse il suo animale preferito mi faceva sperare che potesse imparare ad amare anche la mia bestia.

Se non fosse stato per Gabriela – adoravo sapere il suo nome – non avevo alcun motivo per tornare su Atlan. La mia famiglia si riduceva a qualche cugino. La promessa della ricchezza e delle proprietà che venivano donate a tutti i guerrieri abbastanza fortunati da sopravvivere sia allo Sciame che alla febbre di accoppiamento. Se fossi tornato a casa, sarei stato ricco. Avrei potuto prendermi cura di lei su Atlan, avrei potuto farla felice. Avrei potuto darle una casa e dei bei vestiti, dei servi per lavare i piatti – non avrei sopportato che le sue mani si facessero rosse e ruvide. Volevo darle abbastanza denaro da poter seguire la propria passione. Qui. Ma non ne avevo. Non venivo pagato con i soldi della Terra, e la moneta che usavamo su Atlan non aveva alcun valore qui. Ci era stata data una strana carta di plastica con una striscia che i negozianti umani accettavano come forma di pagamento.

Soldi o no, i suoi sogni ora erano anche i miei. Volevo realizzarli. Lo sapevo. La mia bestia lo sapeva.

Lei era mia.

E niente avrebbe potuto impedirmi di possederla.

Soddisfatto di poter stare in questo spazio ristretto con lei, mi godetti la sensazione donata dai piccoli orsetti gommosi nella bocca che mi si appiccicavano ai denti. Su Atlan non c'era niente di simile al gelato, e mi ero scoperto un amante della scioccante combinazione di gelo e dolcezza che mi esplodeva sulla lingua. Mi rilassai. Era qui che volevo stare.

Il criminale umano non controllò l'angolo del locale quando entrò brandendo una piccola arma nella mano.

L'ultimo errore della sua vita.

Era quella che gli umani chiamavano una pistola. Era primitiva, scarna. Tendeva a incepparsi. Era rumorosa, aveva pochi colpi e non sparava lontano.

Quella piccola arma di metallo era inferiore sotto ogni punto di vista. Ma poteva uccidere la mia donna.

Gabriela lo vide, e lo sguardo sul suo dolce viso, mentre se ne stava in piedi dietro alla macchina che conteneva i soldi della Terra fece sorgere la mia bestia prima ancora che potessi pensare di provare a controllarmi. Le sue guance, di solito rosee, si fecero pallide. Sgranò gli occhi pieni di terrore. Cominciò a tremare.

Notai tutto questo in una frazione di secondo. La porta era vicino a dove si trovava lei. Troppo vicina. In meno di un secondo, l'uomo l'afferrò per la spalla e le puntò la pistola alla tempia. Si trovavano entrambi dietro al bancone dove lei era solita accettare i pagamenti dei clienti.

Quell'uomo era alto, per essere un terrestre, e dei ciuffi neri gli spuntavano da sotto il berretto. Indossava una maglietta troppo larga che accentuava la sua magrezza. Avrei potuto spezzarlo come un fuscello. Indossava i tipici pantaloni blu degli umani. Aveva dei segni su entrambe le braccia. Si chiamavano tatuaggi, mi avevano detto. Era molto più grande di Gabriela. La stringeva con forza, le sue intenzioni erano ovvie.

"Jorik!" gridò Gabriela sgranando gli occhi. Tremava e provava ad allontanare la testa dalla pistola. "Scappa."

Scappa? Adesso? Con lei in questa situazione? Mentre

qualcuno la minacciava? Strinsi i pugni pensando che aveva provato a salvarmi. A salvare me! Indossavo la mia uniforme della Coalizione, ma non ero armato. Ma non avevo bisogno di un'arma per aiutarla.

La sua arma non era niente di paragonabile a una pistola a ioni, ma sapevo che poteva uccidere un umano. La Terra era un posto primitivo. Senza bacchette né capsule ReGen, la gente moriva di continua per colpa delle ferite da arma da fuoco. La mia Gabriela non sarebbe sopravvissuta.

La mia bestia si innalzò e io sentii il mio corpo che cresceva, che si faceva più alto. più largo. Questo… questo… stronzo stava minacciando ciò che era mio?

Quando mi vide, sgranò gli occhi.

Sorrisi. Poteva intimorire una piccola donna, ma non me. Avrebbe potuto svuotarmi addosso il caricatore della sua primitiva arma e, a meno che non mi avesse aperto un buco in testa, sarei stato pur sempre capace di spezzarlo in due.

"Osi minacciare la mia donna?" chiesi quasi ringhiando.

"Non si tratta di te." Sogghignò. "Voglio i soldi, e lei me li darà."

"Tu non vuoi niente. Sei già morto."

"No." Scosse la testa, come se la cosa potesse risolversi in chissà quale altro modo. "Voglio solo i soldi. Nessuno si farà male." Mi avvicinai e l'uomo cominciò a tremare più violentemente di Gabriela. Non era un completo idiota. Le tenne la pistola premuta contro la tempia, invece di puntarla contro di me. Non appena Gabriela sarebbe stata fuori pericolo, l'uomo sarebbe morto.

"L'hai toccata, le hai puntato una pistola alla testa" dissi. Era per questo che stava per morire.

"Tu sei uno di quei cazzo di alieni," disse puntando finalmente la pistola su di me. Non era così furbo, dopotutto.

La mia bestia si infuriò ancora di più. Voleva porre fine a questa situazione. La mia pelle si espanse, la mia concentrazione si acuì.

Uccidere. Massacrare. Distruggere.

"Sì." La mia voce si era fatta più profonda. Ora era la bestia che parlava.

"Stai... stai diventando più grosso?" Mi squadrò da capo a piedi. Gli tremava la mano.

Mosse la testa a scatti e poi mise Gabriela davanti a sé. Uno scudo umano. Lei gridò, chiuse gli occhi e gemette. Capii che le aveva fatto male e ringhiai.

"Vuoi dire che dentro di me c'è una bestia. Una bestia a cui non piace quando la mia donna viene minacciata."

"Una bestia?" disse lui. Il suo cervello elaborò le mie parole. Guardò Gabriela per qualche secondo e poi la spinse via. Con forza.

Gabriela cadde a terra con un forte tonfo. Era distesa dietro al bancone e non riuscivo più a vederla. La sentii gemere e ansimare in preda al panico.

Inaccettabile.

"Bestia," ripetei bruscamente. Ormai avevo perso il controllo. L'animale dentro di me mi aveva sovrastato. Mi trasformai completamente. Riuscivo a parlare solo a monosillabi.

Lo sciocco umano fece fuoco. La pallottola attraversò l'aria velocemente, ma non abbastanza. La mia bestia si scansò, gli tolsi la pistola dalla mano e gli strappai la testa dal collo.

GABRIELA OLIVAS SILVA, *Miami, Florida*

MI FISCHIAVANO le orecchie ma riuscivo a sentire la voce di Jorik dietro al bancone. Poi quella del rapinatore.

La pistola fece fuoco.

Ci fu un urlo – un urlo terribile – interrotto dal rumore di... non sapevo cosa potesse essere. Mi faceva troppo male la testa. Cadendo l'avevo sbattuta contro il bancone. Mi sarebbe venuto un bel bozzo ma, per fortuna, sembrava che me la sarei cavata solo con quello. Sarei stata bene, se non fosse stato per il fatto che il cuore mi batteva a mille, tanto che avevo paura che potesse schizzarmi fuori dal petto.

Una pistola. Quello stronzo mi aveva puntato una pistola alla testa. Avrebbe potuto... voleva...

"Gabriela?"

La voce di Jorik interruppe il mio attacco di panico. Provai a mettermi seduta senza sembrare un'idiota, anche se era proprio così che mi sentivo. Erano due giorni che il rapinatore gironzolava intorno al negozio. Avevo capito che c'era qualcosa di strano quando ieri era entrato e aveva chiesto se poteva usare il bagno. Avrei dovuto dirgli di no. Ma sembrava proprio aver bisogno di una mano. Aveva la maglietta lacera. I jeans strappati. Le scarpe bucate da cui spuntavano i calzini spaiati. Aveva i capelli sporchi e arruffati. Sembra un barbone, e probabilmente lo ero, e io avevo sempre avuto un debole per le cose rotte.

Animali, più che altro. Ma ieri avevo fatto un'eccezione – ed ero sopravvissuta per pentirmene. Gli animali non mentono, non imbrogliano, non dicono cose cattive. Fanno semplicemente del loro meglio. Ma le persone? Le persone sono pericolose.

E, a quanto sembra, anche gli alieni.

"Gabriela?" Le sue mani furono su di me prima ancora che riuscissi a rimettermi in sesto. Mi sollevò dal pavimento sporco come se fossi leggera come una piuma.

Un altro pensiero ridicolo. Ridacchiai, lasciando che mi rimettesse in piedi, e poi vidi il suo petto... che sembrava... più alto del normale. Ridacchiai di nuovo, sapevo che il mio sfogo isterico era dovuto a un qualche tipo di choc, ma non mi importava. Non fino a quando non vidi il sangue. Su Jorik. Non era molto, ma quello stronzo aveva sparato a quest'enorme alieno. Jorik si era fatto sparare? Per me?

"Jorik? Stai bene?" lo spinsi, ma era come spingere un muro. Certo, io ero abbastanza grossa. Mi piaceva il gelato e si vedeva... dappertutto. Ma non riuscii a smuoverlo nemmeno di mezzo millimetro. "Lasciami andare. Sei ferito."

La sua risata non fu una risata, ma un rimbombo. "No. Tu ferita."

Sbattei le palpebre, mi chiesi se per caso mi stessi immaginando le cose, o se Jorik – il sorridente, affascinante Jorik – avesse appena perso l'abilità di formulare delle frasi complete. Forse stava morendo dissanguato. "Jorik, sono seria. Devo sapere se stai bene."

"No. Dove vivi? Io prendo cura te."

"Dove vivo?" ripetei.

"Sì." Mi ritrovai in braccio a lui, con la sua mano enorme che mi premeva contro la guancia, mentre passavamo vicino a quello che pensavo essere il corpo della guardia. Per me andava bene. Non volevo vedere gli effetti di quello strappo che avevo udito.

"Abito a un paio di isolati da qui. Sto bene. Mettimi giù. Posso camminare."

"No."

Va bene. La verità è che non mi andava per niente di camminare. Ero ancora in preda al panico, qualcuno mi aveva appena puntato una pistola alla tempia, uno stronzo che mi aveva pedinata durante gli ultimi due giorni. E se Jorik non fosse stato qui, forse a quest'ora sarei morta. Il solo pensiero mi fece battere il cuore a mille. Non riuscivo più a respirare.

Come se sapesse come mi sentivo, Jorik mi accarezzò la testa e la faccia mentre camminava. Mi sentivo come un gattino coccolato, non mi andava nemmeno di oppormi. Jorik era grosso, forte e sexy da morire. Sapevo che faceva la guardia al Centro Elaborazione Spose. Ogni giorno, mentre andavo a lavoro, lo vedevo in piedi dietro ai cancelli. Avevo fatto le mie ricerche e sapevo che era un Atlan. Era una bestia – qualunque cosa ciò volesse dire. Ma a me non sembrava un mostro. Aveva la pelle e i capelli scuri, assomigliava a una versione più giovane di Dwayne Johnson. The Rock sarebbe stato il nomignolo perfetto anche per Jorik. E i suoi occhi? Che il cielo mi aiuti, erano un invito a portarlo in camera da letto. Tutto sesso e segreti.

Nelle ultime settimane era venuto a trovarmi in negozio ogni giorno, e avevo cominciato a sperare che non era solo per mangiarsi un gelato.

Ma chi ero io per pensare una cosa del genere? Lui era un guerriero alieno, una guardia fidata di una delle strutture aliene più importanti sulla faccia della Terra. Il centro elaborazioni qui a Miami era da dove partivano sia le Spose Interstellari che i soldati arruolati nella Flotta della Coalizione. C'erano solo sette centri al mondo, e gli alieni che li gestivano li proteggevano come fossero fatti d'oro puro.

Avevo visto degli alieni da Prillon Prime, da Atlan e da

Everis – quelli che assomigliavano a noi umani. Sapevo che là fuori c'erano molti altri pianeti, ma sembrava che come guardie assumessero solo gli alieni più grossi e più veloci. Li avevo osservati, questi guerrieri – Jorik soprattutto – mentre lottavano o praticavano i loro strani sport all'interno delle mura del complesso. Gli Everian si muovevano così veloci che era impossibile seguirli ad occhio nudo. Mi ricordavano dei vampiri che avevo visto in tv. I guerrieri Prillon erano semplicemente... strani. Facce appuntite. Pelle dal colore insolito. Bronzo. Ottone. Dorato. La maggior parte di loro aveva anche degli occhi arancioni o color oro. Erano alti un metro e novanta e mai e poi mai qualcuno avrebbe potuto scambiarli per degli esseri umani.

Ma gli Atlan? Sembravano dei giocatori di basket, delle star del football. Tutti altri un metro e novanta, o anche di più. Jorik era altissimo, una tentazione ambulante. Sembravano tutti degli dèi del sesso, con i loro muscoli scolpiti e i loro sguardi famelici. Soprattutto Jorik. Il suo sguardo mi faceva sentire bellissima, e non una "taglia forte". Il suo sguardo mi faceva venir voglia di strapparmi i vestiti e di sfilare nuda davanti a lui, di mostrargli il mio corpo sovrappeso come se fosse un banchetto per i suoi sensi, e non un motivo di imbarazzo per me.

Quello. Sguardo.

Mi stava guardando così anche ora che mi stava trasportando verso il mio appartamento. Mi mise a terra per permettermi di tirare fuori la chiave dalla tasca dei jeans e aprire la porta. Non appena la aprii, mi sollevò di nuovo. Ora gli arrivavo quasi alle spalle. Sembrava che mentre camminavamo fosse come rimpicciolito. Oppure ero stata io la pazza che l'avevo creduto ancora più alto mentre eravamo dentro al negozio.

Chiuse la porta con un calcio e mi mise di nuovo a terra. "Chiudila."

Sollevai un sopracciglio ma feci come mi aveva detto. Mi faceva sentire più al sicuro, il che era sciocco. Avevo lui a proteggermi. Niente avrebbe potuto abbatterlo. E, se qualcosa fosse stata in grado di farlo, di certo non si sarebbe fatta fermare da un'esile porta di legno.

Il suo grugnito fu accompagnato da un sorrisetto, e vidi l'affascinante uomo – l'alieno – con cui mi piaceva tanto parlare ogni volta che veniva nel mio negozio. Il negozio... "Merda. Dobbiamo chiamare la polizia. La proprietaria. Oh, mio Dio. Non sarei dovuta andare via. Andrà fuori di testa. E se entra un cliente?

Gradisce un po' di pralina con il cadavere?

Mi coprii la faccia con le mani. "Oh, mio Dio. Che cosa faccio ora?"

Jorik mi fece smettere di camminare avanti e indietro per l'appartamento. Lo guardai negli occhi e lui sollevò le mani, come per toccarmi il viso. Ma il suo sguardo si posò sui suoi palmi e imprecò usando ancora una volta quel suo strano linguaggio: "Non ti toccherò di nuovo con queste mani insanguinate."

Contenta di potermi dedicare ai suoi, di problemi, invece che ai miei, lo condussi in cucina. La parte più sporcacciona di me – quella parte piena di idee e speranze – pensò di portarlo in bagno, di spogliarlo e di farci strizzare entrambi nella mia piccola doccia. Ma ciò avrebbe compreso una gran quantità di pelle e una quantità ancora maggiore di presupposizioni da parte mia.

Forse il suo sguardo era normale, il suo normale sguardo da alieno.

E forse stavo pensando a queste cose perché pochi minuti fa avevo rischiato di morire. Forse ero sotto shock.

Guardai il più bel maschio che avessi mai visto – dal vivo o in digitale – che si toglieva la maglietta nel bel mezzo della mia minuscola cucina.

No, non ero sotto shock. Io lo volevo. Lo volevo ormai da un bel po' di tempo. Pensavo a lui tutto il tempo, mi chiedevo se sarebbe venuto a trovarmi ogni giorno, ed ero ridicolmente felice quando lo faceva.

Si lavò le mani nel mio lavello e sembrava esattamente quello che era – uno straniero. Non avevo mai fatto entrare un uomo nel mio appartamento, per non parlare di uno grosso come Jorik. Arrivava con la testa quasi fino al soffitto, e aveva dovuto abbassarsi per non sbattere contro la brutta lampada al neon ricoperta da una dozzina di mosche morte.

Imbarazzante. Ma io le mosche le odiavo, e odiavo ancor di più pulire. Ogni sera, dopo aver lasciato il negozio lindo e pinto, proprio non avevo la minima voglia di tirare fuori una scala e di occuparmi di quella lampada.

Inoltre. Il petto. C'era il suo petto. E le spalle. E, o mio Dio, la sua schiena. Muscoli su muscoli. Un culo così sodo che sembrava avesse due palle da bowling nei pantaloni. Nessuno dovrebbe avere un culo così sodo. Io ero morbida, dappertutto, e di sodo avevo solo le ossa. Pensare che potesse esistere qualcuno di così tonico era ridicolo. Allungai una mano per toccarlo...

Ma subito la ritrassi. No, no.

"Cavoli, ma che problemi ho?" sussurrai nascondendo la mano dietro la schiena e dirigendomi verso la porta. D'improvviso, dare un'altra controllata alla serratura sembrò un'ottima distrazione dalla tentazione che al momento si trovava nella mia cucina.

Si lavò e sentii l'odore del detersivo per i piatti, e forse l'odore che era solo suo. Oscuro. Muschiato. Selvaggio.

Lottando contro l'istinto di mettermi in ridicolo, premetti la fronte contro la porta fredda e provai a pensare in modo razionale. Avrei dovuto chiamare il mio capo, la proprietaria. Era una donna sulla sessantina che sapeva quando doveva farsi da parte. Pagava bene e si comportava in modo corretto. E così ora erano tre anni che lavoravo per lei. Avrei dovuto chiamarla. Forse era preoccupata. Avrebbe chiamato la polizia. Ero certa che presto sarebbero venuti i poliziotti a bussare alla mia porta. Nel negozio c'erano alcune telecamere di sicurezza, quindi potevano benissimo mandare indietro il video e vedere cos'era successo. Avrei dovuto testimoniare. E così anche Jorik. Avremmo dovuto occuparcene. E subito.

Ma non volevo farlo. Non volevo parlarne. Non volevo nemmeno pensarci. Mai più. Volevo premere i seni nudi contro la schiena di Jorik, affondare il naso nella sua pelle e inalare il suo odore. Volevo leccarlo da una parte all'altra, baciarlo, assaporarlo, cavalcare il suo cazzo e andare fuori di testa. Per la prima volta in vita mia, volevo fare del sesso selvaggio da qualcuno da cui mi sentivo effettivamente attratta. Niente mani impacciate. Niente bugie. Niente manipolazioni. Niente giochetti. Solo una pura lussuria animale.

E tutto ciò era folle, perché io e lui ci eravamo limitati soltanto a parlare. Io gli davo un cono gelato, ci facevamo quattro chiacchiere mentre lui lo mangiava, e poi lui se ne andava. Sapevo ben poco su di lui e non era come se venisse dal Kansas o dalla California. Veniva da un altro pianeta. Che cos'avevamo in comune? Perché mi interessava così tanto? Oh, sì, era sexy, e sembrava che dentro di lui ci fosse un demone sessuale che non vedeva l'ora di venire fuori.

Volevo comportarmi da animale, almeno per una volta in vita mia. Volevo lasciarmi andare a quel sesso perverso e selvaggio di cui leggevo nei miei libri.

Volevo Jorik. Su di me. Dentro di me. Che mi toccava. Che mi faceva venire fino a farmi andare in pappa il cervello.

3

abriela

"Stai bene?"

Jorik era dietro di me. Non mi stava toccando, ma era così vicino che riuscivo a sentire il calore che irradiava il suo corpo.

Annuii, ma sempre guardando la porta davanti a me. Avevo paura di muovermi. Temevo che, se mi fossi voltata, gli sarei saltata addosso. O peggio... che lui se ne sarebbe andato. Se ne andavano sempre tutti, alla fine.

"Gabriela," disse lui. "Devo toccarti."

Oh, Dio, quella voce. Quelle parole. Sentivo le voci? Quando eravamo nel negozio, aveva detto che ero la sua donna. Lo avevo sentito. Non me lo ero immaginato. Giusto?

Chiusi gli occhi e sbattei gentilmente la fronte contro la porta fredda. Doveva essere lo stress. Era impossibile che quest'uomo bellissimo – questo alieno – mi desiderasse. Avevo i capelli lunghi e neri. Lisci. Niente ricci. Dei capelli noiosi. Avevo una bella pelle, l'eredità latina dei miei genitori faceva sì che la mia pelle marrone chiaro fosse la mia qualità migliore. Ma oltre a quella? Niente. Ero di dieci taglie più grossa del dovuto, ed era dai tempi delle superiori che non venivo toccata da un uomo.

Non che non avessi i miei bisogni. La Gabriela perversa dentro di me era viva e vegeta – ma anche sola. Il punto era che farmi aiutare dal mio amichetto alimentato a batteria un paio di volte a settimana era molto, ma molto più facile che farmi spezzare il cuore... ancora e ancora. "Forse dovresti andartene, Jorik. Non credo... io..."

"Ti prego, Gabriela. Ho bisogno di toccarti."

"Che vuoi dire?" Non ero in preda alle allucinazioni.

Si sporse in avanti e sentii il suo alito caldo sfiorarmi il collo. "Sei bellissima, Gabriela. Così morbida. Non riesco più a trattenermi. Voglio sentirti sotto le mie dita. Sulle mie labbra. Voglio esplorare il tuo corpo, da cima a fondo. Voglio scoprire cosa ti dà piacere, cosa ti fa gemere."

Si piegò in avanti e mi diede un bacio sulla guancia. Porca puttana, era enorme. Chissà se anche il suo cazzo era così grosso.

"Cosa ti fa fremere."

Mi venne la pelle d'oca. La sua voce. Dio. Era così profonda, mi rimbombava nel petto. Avevo i capezzoli duri come la pietra, mi premevano contro il reggiseno.

"Implorare."

"Jorik," dissi.

"La mia bestia non riesce più a trattenersi. Dobbiamo averti."

Le mie mutandine ormai erano da buttate, ed erano

bastate le sue parole. La bestia che viveva dentro di lui presto avrebbe conosciuto la mia – solo che la mia era mezza morta di fame e molto, molto perversa.

"Sì," sussurrai, sempre spaventata all'idea di voltarmi.

Ciò non lo fece desistere. Mi mise le mani sui fianchi e mi baciò il collo. Me lo leccò, me lo succhiò.

Sussultai di fronte alla sua... voracità. Le sue mani si mossero su di me. Dai fianchi al ventre, dalla vita ai seni, e poi di nuovo suoi miei fianchi, giù lungo le cosce, e poi su, verso la mia fica. Non smisero di muoversi nemmeno per un istante, volevano esplorare il mio corpo.

Il solo contato mi fece scaldare, mi sembrava di potermi sciogliere. Premetti i palmi e la fronte sulla superficie fredda della porta.

"Jorik," dissi di nuovo, ansimando.

Mi stava facendo eccitare come mani nessuno era riuscito prima d'ora, ed ero ancora vestita. Dio, sarebbe bastato questo a farmi venire?

Lo sentii ringhiare. Abbassai la testa e vidi che si metteva in ginocchio dietro di me. Mi afferrò le caviglie e poi fece risalire le mani per toccarmi lo stomaco. Da lì, continuò a salire, mi stringe i seni sopra la maglietta e il reggiseno. "Ti voglio nuda, Gabriela. Voglio toccarti dappertutto. Voglio assaporarti. Voglio riempirti con il mio cazzo. Voglio farti venire, più e più volte."

Mi strinse i capezzoli turgidi facendomi gemere. Nessuno dovrebbe essere in grado di farmi tutto questo, mentre ero ancora vestita. Non riuscivo nemmeno a pensare. Volevo, e basta. "Sì. Sì. Tutto."

Sentii un fremito attraversargli il corpo, attraverso la testa che mi aveva poggiata sulla schiena, attraverso il suo petto stretto contro il mio culo, attraverso le sue mani... che gli tremavano.

Ero stata io a fargli questo? Era tanto disperato quanto me? Aveva bisogno che lo toccassi? Che lo baciassi? Che lo assaporassi?

Mi girai e poggiai la schiena contro la porta. Anche se era in ginocchio, eravamo quasi alti uguali. Dio se era enorme. I suoi occhi scuri brillavano di lussuria e qualcos'altro, qualcosa che non avevo mai visto nello sguardo di un uomo e a cui non avrei mai potuto dare un nome. Non osavo farlo, non quando assomigliava così tanto alla... riverenza. Come se mi stesse adorando.

Come se mi amasse.

Ma era impossibile. No? Lo conoscevo a malapena.

Gli toccai il viso e lui si bloccò. Gli accarezzai le guance, gli passai il pollice sul labbro. Era bellissimo. Veramente bellissimo. "Adesso voglio baciarti." Perché l'avevo detto ad alta voce? Non lo so, ma mi sembrò giusto avvertirlo, come se dovesse prepararsi. Mantenere il controllo. Prepararsi mentalmente per un assalto ai suoi sensi che l'avrebbero spinto al limite.

Tremai. O forse quell'avvertimento era stato per me. Io non le facevo, certe cose. Non andavo a letto con gli sconosciuti. Non faceva sesso con gli alieni. Diamine, non facevo sesso punto e basta. Non mi ero mai sentita a mio agio con il mio corpo, odiavo guardarmi allo specchio. Che ora volessi strapparmi i vestiti di dosso e concedermi completamente a lui era una cosa tanto estranea al mio essere che, al momento, proprio non riuscivo a capacitarmene.

Ma nemmeno mi andava di sprecare quest'opportunità. Jorik era bellissimo. Era bello come una rockstar, come un attore famoso, come un dio del sesso. E, chissà perché, sembrava desiderarmi tanto quanto io desideravo lui.

Abbassai il capo, lentamente, lentissimamente, guardandolo negli occhi a mano a mano che mi avvicinavo. Sempre di più. Li baciai una frazione di secondo prima che le mie labbra toccassero le sue.

Lui mi lasciò fare, le sue enormi mani poggiate sui miei fianchi, immobili, mentre io lo esploravo e lo assaporavo. Dio, aveva un ottimo sapore. Indescribibile. Perfetto.

Quando gli infilai la lingua in bocca, lui si mosse e mi tirò giù i pantaloni. Mi voleva nuda. Mi sfilai la maglietta e rimasi davanti a lui in reggiseno e mutandine.

Lui mi guardò a sazietà, da capo a piedi. Aspettai di scorgere una qualche delusione sul suo volto, ma non ce ne fu. Anzi, il suo sguardo si fece ancora più eccitato.

Era reale?

Lo toccai.

"No. Non muoverti." Mi premette il palmo della mano in mezzo al petto e mi premette contro la porta. Un tipo autoritario. Sexy. Gemetti.

Muovermi? Ma se riuscivo a malapena a respirare.

La sua mano libera mi scivolò sulla coscia nuda. Grazie a Dio che stamattina mi ero messa delle graziose mutandine di seta e non i mutandoni della nonna.

Ma i miei fianchi. Il mio stomaco. I miei seni pesanti. Spuntava tutto fuori, proprio davanti alla sua faccia. Lui se ne stava fermo. Immobile. Non gli piaceva quello che vedeva? Avevo la cellulite. Forse...

"Guardati. Sei bellissima." Si sporse in avanti e mi diede un bacio al centro dello stomaco, e restò lì come se morisse dalla voglia di inalare il mio profumo.

Espirai, non mi ero nemmeno accorta che stavo trattenendo il respiro. In meno di un secondo, mi ritrovai con le mutandine abbassate. Sussultai quando mi fece girare abbastanza da potermi affondare i denti in una natica.

"Jorik!" gridai. Non mi aveva morso con forza.

Dimenai i fianchi, ero eccitata come non mai. Lui gemette.

"Questo." Sentii il suo dito in mezzo alle cosce. Non potevo muovermi, ero bloccata contro la porta. "Sei bagnata. Pronta."

Usò le dita per aprirmi le labbra della fica e sentii l'aria fredda. Ecco. Mi leccai le labbra, provai a respirare, ma ero troppo eccitata. Che cosa stava facendo? Pensavo mi avrebbe gettata sul pavimento e mi avrebbe scopata a dovere. Una sveltina. Ma questo?

Non sarei sopravvissuta.

Udii i suoi respiri pesanti. "Il tuo profumo. Alla mia bestia piace il tuo profumo. Le piacerà anche il tuo sapore? Mi sono sempre chiesto se sei dolce dappertutto, che sapore abbia la tua fica."

Mica lo sapevo che agli alieni piaceva dire certe cose. E non sapevo che sarebbero bastate delle parole oscene per farmi eccitare. Mi aveva premuto il naso contro la carne e mi aveva esplorato con le sue mani. Mi aveva morso il culo. Tutto qui –e stavo già per venire.

Mi afferrò per la vita e mi fece muovere i fianchi in avanti, mentre la sua bocca trovava la mia fica.

Urlai sentendo che mi leccava da cima a fondo. E poi di nuovo. Come un cono gelato.

"Oh, mio Dio," gemetti, quando usò la lingua per fare qualcosa di magico sulla mia clitoride.

Mi infilò un dito nella fica e lo piegò. Mi scopò lentamente. Non aveva nessuna fretta, era metodico, come se avesse tutto il tempo del mondo. "Sveltina" sembrava non far parte del dizionario Atlan.

"Jorik, ti prego," lo implorai. Oh, sì, lo implorai. Era troppo, era troppo bello, e non riuscivo nemmeno a vederlo.

Jorik mi afferrò un capezzolo e lo torse, poi mi strizzò il seno, tirandolo fino a farmi tremare le ginocchia, pronte al collasso. "La mia bestia è indaffarata, Gabriela. Non serve che mi implori. Ci pensiamo noi."

Mi penetrò con due dita e continuò a darsi da fare sulla mia clitoride.

Era bravo. Bravissimo. Qualcuno mi aveva già leccato lì in mezzo alle cosce, ma non era stato granché. Ora capivo il perché. Non aveva la più pallida idea di quello che stava facendo. Non ero nemmeno sicuro che fosse riuscito a trovare il mio clitoride.

Ma Jorik? Dio, Jorik era un dio del sesso orale.

Gridai di nuovo il suo nome, agitai i fianchi e lui si ritrovò la mia fica su tutta la faccia, ma non mi importava. Era stato lui a ridurmi così. Se voleva respirare, allora doveva farmi venire.

Non si era limitato a trovare il mio clitoride, l'aveva reclamata come suo. Lo possedeva. Succhiò il piccolo pezzetto di carne sensibile e mi leccò mentre mi scopava con le dita. Il risucchio, così veloce, così intenso, mi faceva fremere. Gli poggiai le mani sulle spalle e mi mossi in avanti. Non bastava. E lui mi diede quello che volevo. Mosse la lingua e piegò le dita. Una magica combinazione di movimenti che mi fece esplodere come i fuochi d'artificio del 4 luglio.

Gli affondai le unghie nelle spalle, piegai le ginocchia, ma lui era implacabile. Continuò a scoparmi con le dita; poi al posto delle dita usò la lingua per scoparmi e mi infilò un dito nel culo, una sensazione estranea che andò ad aggiungersi alla travolgente inondazione di sensazioni che mi scossero il corpo come un uragano. Mi spinse, mi riempì, mi leccò e mi toccò fino a quando non venni una seconda volta, incapace di restare in piedi. Incapace di parlare. Riuscivo a malapena a respirare. Per la prima volta in vita mia, gli orgasmi mi avevano ridotta a un disastro.

"Ancora," dissi un attimo prima di sporgermi in avanti e di dargli un bacio. Gli misi le braccia intorno al collo e le nostre lingue si intrecciarono. Assaporai lui, assaporai me.

Lui mi spinse indietro e guardò i miei seni pesanti. Ruggì, un suono che mi fece ridere.

Colsi l'opportunità per guardarlo. Non aveva indosso la maglietta, era tutto pelle scura e muscoli sodi. Aveva un po' di peli sul petto, e io volevo toccarlo dappertutto, passare le mani sul suo corpo. Accarezzarlo. Fargli fare le fusa. Era grosso. Dio, avrei potuto passare ore ad esplorare il suo corpo. Poi vidi l'enorme rigonfiamento che aveva nei pantaloni e realizzai che il suo cazzo era lungo parecchi centimetri. Era come se avesse un tubo nei pantaloni. Era rivolto verso sinistra, come se stesse cercano di scappare.

La mia fica si contrasse. Chissà se ci sarebbe entrato...

Abbassò lo sguardo per vedere dove lo stavo guardando. Si slacciò i pantaloni e si prese il cazzo in mano.

"Oh, mio Dio. Ma sei una bestia."

Si mise a ridere e cominciò a toccarsi. Ce l'aveva lungo e tozzo, più scuro del resto del suo corpo, la punta enorme.

Lo volevo. Volevo salirci sopra. Cavalcarlo.

Mi leccai le labbra, volevo fare troppe cose tutte insieme.

Quando rialzai lo sguardo, lo sorpresi che mi stava osservando. In attesa. Adesso toccava a me. Lui era enorme, ma ero io ad avere il controllo.

E saperlo mi faceva sentire al sicuro.

Cazzo. Stavo per venire di nuovo.

Gli diedi una leggera spinta sul petto, sapevo che mi avrebbe lasciato fare, e così fece. Si mise a sedere sul tappeto morbido che avevo in salotto, le gambe distese davanti a sé, così che potessi mettermi a cavalcioni su di lui. E così feci, mi misi sopra di lui, ci ritrovammo petto contro petto, le mie cosce sulle sue. Aveva ancora in pantaloni indosso, ma io non ero paziente quanto lui. Aveva il cazzo fuori dai pantaloni, e io ero quello che volevo.

"Ho bisogno di te" ammisi sollevandomi per posizionarmi sopra alla sua asta dura.

Lui mi guardò negli occhi. Ondeggiai i fianchi fino a quando non sentii la punta del suo cazzo che mi premeva contro la fica.

"Jorik" dissi ansimando. "Ti prego. Ti voglio dentro di me."

"Mia," rispose lui mettendomi le mani sui fianchi e spingendomi su di lui.

"Oh!"

Ce l'aveva grosso. Enorme. Mi riempì fino in fondo. Avevo ancora la fica gonfia, e la carne sensibile si avvolse attorno a lui come un pugno, strizzandolo e facendoci gemere entrambi. I miei muscoli interni si contrassero e io fremetti come in preda a un orgasmo. Ero pronta a venire di nuovo.

Jorik gemette, mi tirò verso di sé fino a quando il mio clitoride non strusciò contro il suo addome, la fica spalancata, il mio corpo completamente alla sua mercé. Mi penetrò fino in fondo e sentii il rimbombo che gli scosse il petto.

I miei piedi erano sul pavimento. Cominciai a fare su e

giù. Sempre più in fondo, sempre più velocemente, mentre lui si alzava e si abbassava, facendo sbattere i nostri fianchi l'uno contro l'altro.

Lo usai per scoparmi, per darmi piacere. Ma non ero sola. Lui aveva la fronte imperlata di sudore, il viso contratto. Mosse le mani, mi afferrò i seni, giocò con i miei capezzoli, mi strozzò il culo, mi fece spalancare sempre di più.

Mi accarezzò il culo con il dito, stuzzicandomi. Facendo contrarre la mia fica. Ero così stretta.

"Jorik, io... oh, Dio, sto per venire!"

Non sarei riuscita a trattenermi nemmeno se l'avessi voluto. L'orgasmo fu completamente diverso da quelli che mi aveva procurato con la sua bocca. Dei posti dentro di me – quei posti che stavo stimolando con il suo cazzo enorme – mi riempirono con un piacere che non credevo possibile.

Venni, e l'unica cosa che gli usciva dalle labbra era: *mia, mia, mia.* Mi strinse con forza, il suo cazzo si ingrossò e lui gridò. Una qualche parola straniera. Sentii il suo seme che mi riempiva. Fino in fondo.

Riuscii a malapena a riprendere fiato mentre lui mi stringeva a sé. Ero venuta, ero crollata, ma lui era lì per me. Per tenermi al sicuro.

Aprii gli occhi e lo guardai non appena il mio orgasmo cominciò a svanire. Mi mossi, ma lui era ancora duro dentro di me, anche mentre sentivo il suo seme che colava fuori e ci scivolava lungo le cosce.

"Ce l'hai... ce l'hai ancora duro."

Lui mi sorrise e poi mi fece rotolare facendomi distendere sulla schiena. Il suo cazzo era ancora dentro di me.

"Non ho finito," rispose lui. E subito cominciò a muoversi.

"Oh!"

Sì, la bestia Atlan era un amante paziente. Ero stata io quella bisognosa, quella irrequieta. Lui aveva lasciato che fossi io a dettare il ritmo la prima volta, ma ora, mentre si sorreggeva sugli avambracci per non schiacciarmi, mentre mi guardava e mi scopava col suo cazzo bestiale, ero alla sua mercé.

"Ti ho cosparso con il mio seme. Alla mia bestia piacere sapere che sei stata marchiata."

Marchiata? Che cosa primitiva. Dio, stavo scopando con un cavernicolo.

"Abbiamo solo iniziato, Gabriela."

Fu l'ultima cosa prima di cominciare a darsi da fare. Per scoparmi. Per *marchiarmi*.

Ci conoscevamo a malapena, eppure la nostra connessione era incredibile. Mi scopava a dovere, certo, ma... mi possedeva, anche. Mi aveva reclamata.

E quando venni un'altra volta, lui era lì con me, talmente a fondo dentro di me che era impossibile dire dove finiva l'uno e cominciava l'altro.

Ce l'aveva ancora duro e venne di nuovo. Eravamo sudati, un disastro, c'era dello sperma dappertutto, ma non me ne fregava niente. Lui era pronto a ricominciare e la mia fica... pulsava di desiderio.

L'unica cosa che ci impedì di continuare fu uno strambo bip. Andò avanti per un minuto intero, e alla fine Jorik fu costretto a staccarsi da me. Io gemetti, mi sentivo così vuota. Lui afferrò i suoi pantaloni e tirò fuori un aggeggio che assomigliava a un cellulare.

"Jorik," disse.

Udii la risposta provenire forte e chiara attraverso lo speaker. "Jorik, devi fare immediatamente rapporto al Capitano Gades. La polizia degli umani ha emesso un mandato di arresto contro di te. Non arrenderti. Recati qui senza incidenti. È un ordine."

"Ho bisogno di più tempo, signore." Mi guardò, probabilmente vedendo una donna che era stata scopata a dovere, nuda e con i morsi sul corpo, con la pelle arrossata dalla sua barba, e la fica ben usata. Le cosce sporche di seme. Guardai il suo cazzo. Ce l'aveva ancora duro, brillava a causa dei nostri fluidi.

"Devi tornare immediatamente, Jorik. Hai strappato la testa di un uomo, hanno visto i video. È un bel casino diplomatico. Riporta subito il culo qui, o un team di guardie verranno inviate ad arrestarti."

"Sì, signore." Jorik lanciò il comunicatore sul tappeto e io lo guardai mentre si vestiva. Non disse nulla. Cosa c'era da dire? Grazie per la bella scopata?

Ma quella conversazione mi aveva confermato quanto già sapevo. Jorik aveva ucciso un uomo per proteggermi. E, per quanto mi fosse stato insegnato per tutta la vita che uccidere era sbagliato, gliene ero grata. "Jorik?"

Si girò verso di me, vestito. Era di nuovo il guerriero alieno. "Tu sei mia, Gabriela. Resta qui. Mi occuperò io delle autorità."

Si sporse in avanti e mi diede un unico bacio, ma il suo tocco fu gentile. Mi poggiò la mano calda sull'addome e mi baciò, come se non gli bastasse.

"Che gli dèi siano dannati, sei una tentazione irresistibile, donna. Sei così morbida..." Mi passò una mano sul corpo, dal fianco al collo, e io me ne restai lì distesa come un gattino, a godermi il suo tocco.

"Torneai?" Era una cosa stupida da chiede. Me ne pentii

non appena le parole mi lasciarono le labbra. Ma Jorik mi baciò di nuovo, e poi si alzò.

"Ora tu sei mia, Gabriela."

Mia. Lo aveva detto più volte mentre stavamo scopando, ma sentirlo dire da un uomo vestito e in grado di ragionare era diverso.

Ma mi sembrava una cosa giusta. Potevo essere sua, se significava fare l'amore a questo modo. La mia fica soddisfatta e i miei seni indolenziti erano d'accordo con me. Ne volevo ancora.

Gli sorrisi mentre usciva. Sapevo che sarebbe tornato. Io ero un gusto che voleva assaporare di nuovo. E poi di nuovo ancora.

La porta si chiuse e io rotolai su un fianco con uno sciocco sorrisetto in faccia. Mi stavo innamorando – no, cancella: mi ero già innamorata di un alieno. Un cavolo di alieno.

E non avevo il minimo problema ad usare il suo limitato vocabolario per fare la mia rivendicazione.

"Mio."

4

Jorik, Centro Elaborazione della Flotta della Coalizione, un'ora più tardi

"JORIK, È UNA COSA INACCETTABILE" disse la comandante del centro sbattendo il pugno sul tavolo. Era una Prillon ed era alto quasi quanto me. "A cosa stavi pensando?"

Mi misi a sedere, le braccia conserte sul petto, e la guardai. Non mi importava. La mia bestia non era minimamente preoccupata. "La mia compagna era in pericolo" dissi per la terza volta.

Il suo sguardo dorato trovò il mio. Io ero più grosso di lei, ma lei di certo non si lasciava intimidire. Non ero il primo Atlan con cui avevo a che fare, né sarei stato l'ultimo. E avevo come la sensazione che per lei era più facile capire gli Atlan che gli umani con cui lavorava a stretto contatto ogni giorno. "La tua compagna? Non vedo nessun bracciale attorno al tuo polso. E, da quanto abbiamo visto, non sei stato abbinato né tantomeno ti sei sottoposto ai test del Programma Spose Interstellari. Ma che pensi, che puoi prenderti la prima terrestre che passa? Sei in preda alla Febbre d'Accoppiamento?"

Mi squadrò dalla testa ai piedi.

"No."

"Eppure vuoi reclamare una donna senza avere l'autorizzazione? Sai quanti problemi mi hai causato? Hai strappato la testa di un uomo, e gli umani hanno i video."

Feci spallucce. "Lo farei di nuovo. Si meritava di morire. Stava minacciando la mia compagna." La mia compagna. Gabriela. Pensai al tempo che avevamo trascorso insieme... ad ogni singolo istante. Il suo corpo nudo, la sua pelle, il sapore che aveva. Il suo profumo. Era tutto impresso nella mia memoria. La mia bestia, per fortuna, sapendo che la mia donna era stata soddisfatta, che il mio seme l'aveva marchiata, si sentiva più tranquilla.

La comandante scosse il capo e sospirò. "No, Jorik. Quello era un crimine umano, non spettava a te occupartene. Non solo hai ignorato le leggi che governano questo pianeta ma, ai loro occhi, hai commesso un crimine punibile con la prigione."

Mi misi a sedere per bene. "Cosa?" Ora aveva la mia attenzione. Ma che cazzo stava dicendo? "Io ho solo cercato di proteggere la mia compagna. Tutto qui."

"No, tu hai preso un uomo che voleva solo un po' di denaro – non voleva derubare la tua compagna, ma la sua datrice di lavoro. Voleva prendere un po' di soldi e andarsene. E l'hai ucciso." Si appoggiò alla scrivania, e il suo secondo sospiro rassegnato mi spaventò più di quanto non avrebbero potuto fare tutte le ramanzine di questo mondo.

"Ti hanno accusato di uno dei crimini peggiori che ci sono, Jorik: omicidio di secondo grado."

"Non nemmeno cosa signifrichi."

"Conosci la parola *omicidio*?" rispose lei, sarcastica.

Contrassi le labbra, sapevo che non voleva una risposta.

"Questo centro è considerato un'ambasciata internazionale, e quindi qui sei al sicuro. Non possono venire qui e trascinarti in una delle loro prigioni, davanti a uno dei loro giudici. Davanti al loro... primitivo sistema giudiziario. Qui sei al sicuro. Per il momento. Ma ci sono dei documenti per l'estradizione che mi aspettano là fuori. Una volta che li avrò letti, non potrò proteggerti causando un Incidente Interplanetario. Dobbiamo informare il Prime Nial."

Cazzo. "La legge afferma che a ogni uomo è permesso di uccidere se ciò serve a difendere la propria compagna."

"Quella è una legge della Coalizione, Jorik," rispose lei. "Non una legge umana."

"Adesso anche loro fanno parte della Coalizione, no?" Agitai la mano per indicare questo pianeta arretrato.

"Sì, ma tu non ti trovavi su una proprietà della Coalizione, quando hai ucciso per proteggere la tua compagna. E, secondo la legge umana, lei non è la tua compagna. Non siete legalmente sposati. Hai commesso un crimine umano ai danni di un umano. Ti trovavi in una città umana. Territorio loro, leggi loro." Il suo cipiglio era pieno di pietà, e la sua voce sembrava quasi triste. Mi stava dicendo cosa avevo sbagliato. Provava compassione per me, era chiaro, ma il suo era un lavoro di merda e doveva giocare secondo le regole imposte dagli umani.

Prima recarmi qui, avevo a malapena detto addio a Gabriela. Ero venuto in pace, certo non ero contento – non volevo abbandonare la mia compagna. Non mi vergognavo di quello che avevamo fatto. Anzi, l'esatto opposto. Ero fiero. Onorato che fosse mia. Che quello che avevamo condiviso fosse così... perfetto. Ora lei sapeva che avrei fatto di tutto per lei, per proteggerla dal pericolo. Sarei ritornato da lei. O lei sarebbe venuta da me. Non avrei mai permesso alle leggi umane di separarci.

"Non abbandonerò la mia compagna."

"Non indossi i bracciali che simboleggiano il vostro legame" disse la comandante quasi a bassa voce. Prima il suo tono era stato tagliente. Ero fottuto. "Non sei in preda alla Febbre d'Accoppiamento. Hai chiesto a quella donna se vuole essere la tua compagna?"

Cazzo. "No, ma io... noi..." Cosa potevo dire senza disonorare la mia donna? "Si è concessa a me. Siamo stati insieme."

Senza battere ciglio, la comandante disse: "Eppure non l'hai reclamata ufficialmente."

"Non l'ho reclamata, ma è mia" dissi digrignando i denti.

La comandante si mise a ridere, ma la sua non era una risata divertita. "Benvenuto sulla Terra, Jorik. Ti sei ambientato bene, ma gli umani non riveriscono l'intimità quanto noi. Lei non è tua. Quello che hai fatto qui viene comunemente chiamato 'una botta e via', un modo di dire degli umani."

"Non è stata una botta" risposi io incrociando di nuovo le braccia sul petto. Non importava quello che dicessi, sembrava che lei non riuscisse a capirmi. "Non mi sono limitato a darle una botta e a fuggire via." No. Anzi. L'avevo leccata, e ora avevo il suo odore su di me. Forse era grazie a quello che la mia bestia non era saltata sul tavolo per mettere le mani addosso alla donna al comando così da poterla finire con questa ramanzina e fare ritorno dalla mia compagna.

Il comportamento della comandante era severo come l'uniforme scura della Coalizione che indossava. Aveva le braccia conserte sul petto, imitandomi. "Non ci sono regole che ti impediscono di fraternizzare con gli umani, quindi non hai infranto le leggi della Coalizione. Ma c'è questo problema delle leggi *umane*. Hanno regole diverse dalle nostre, specie quando qualcuno strappa la testa di un umano a mani nude."

Ripensai all'uomo che aveva minacciato Gabriela. Avrei rivisto quel suo sguardo da pazzoide per tutto il resto della mia vita. E così anche la paura sul volto della mia compagna. Il suo sguardo in preda al panico mi aveva fatto ribollire il sangue, e me lo stava facendo ribollire anche ora. "Se lo è meritato" ringhiai. "Aveva puntato una primitiva arma della Terra alla testa della mia compagna."

Questa volta la comandante non mi corresse quando pronunciai la parola *compagna*. "Io sono d'accordo con te, ma adesso l'intera Coalizione si trova in una posizione molto, molto delicata. I governi umani non si fidano di noi, non del tutto. Ci vorrà del tempo, prima che ciò accada. Ci sono frotte di umani irrazionali che fanno su e giù lungo i marciapiedi di fronte a quest'edificio, brandendo dei ridicoli cartelli che ci accusano di essere degli alieni. Hanno paura, Jorik. Sono terrorizzati. Sono piccoli. Fragili."

Le sue parole mi fecero rilassare, almeno fino a quando non proseguì.

"I video fornitici dalla proprietaria del negozio mostrano chiaramente quanto successo, come hai difeso quella terrestre."

Annuii. Accennai persino un sorriso. "Bene. Allora

sapranno che non ho commesso alcun crimine. E ora voglio tornare dalla mia compagna." E unirmi a lei ancora una volta. Darle piacere fino a saziarla, fino a soddisfarla, fino a farla cadere addormentata tra le mie braccia.

La comandante sollevò la mano per fermarmi. "No. I media umani non mostrano quella parte del video al pubblico. Mostrano solo un Atlan che a mani nude strappa la testa dal corpo di un terrestre. Nelle ultime ore, i manifestanti che protestano contro la nostra presenza sono triplicati."

"Io ho protetto la mia donna, comandante" ripetei. Di nuovo.

"Lo so. Ecco perché verrai immediatamente riassegnato al Settore 437. Ti dirigerai nella stanza per il trasporto non appena questo incontro sarà terminato."

Mi alzai velocemente e la sedia cadde a terra. "Cosa? Sono stato riassegnato?"

"La polizia di Miami ha un umano senza testa. Per loro non si è trattata di legittima difesa. Eri una bestia aliena di due metri, quando hai ucciso quell'uomo. Se li lasciamo fare, ti rinchiuderanno in una delle loro prigioni per il resto della tua vita. I video bastano a dimostrare che sei colpevole, ma il tumulto politico che hai creato ha reso impossibile per te ricevere un processo equo."

"Convocate la mia donna. La porterò con me su Atlan." Strinsi i pugni e la mia bestia ringhiò.

La comandante contrasse le labbra. "Temo che non sia possibile. Stando alla legge della Coalizione, devi onorare il tuo contratto e prestare servizio nell'esercito. A meno che tu non cada preda della Febbre d'Accoppiamento, devi portare a termine il tuo contratto prima di guadagnarti il privilegio di reclamare una compagna."

Guardai il suo collo. Non indossava il collare dei Prillon.
"Tu non hai un compagno."
"No."
"Quando lo sarai, allora capirai," le dissi. "Io non la lascio."
"Sì, invece" disse con voce fredda. Era un ordine, non una richiesta. "La gente che vive in questa città andrà nel panico se pensa che una bestia selvaggia possa strappargli la testa, soprattutto in un posto come un negozio di gelati. Ci vanno i *bambini*, lì."
"Come se fossi una minaccia per i bambini" le dissi. Mi passai la mano sul collo. "È un'idea ridicola, ma è chiaro che gli umani non la pensino allo stesso modo. Io sono il loro miglior alleato. Strapperò la testa a chiunque osi fare del male a un bambino."
"Esattamente." Sospirò. "Noi siamo qui grazie a un delicato equilibrio politico, Jorik. E tu l'hai messo a repentaglio."
Feci spallucce. Non mi importava. A giudicare dal suo sguardo, non importava nemmeno a lei; ma si sentiva frustrata dal dovere avere a che fare con gli umani e con le loro regole arcaiche. Ora io ero una semplice pedina politica.
"Jorik, io sono dalla tua parte. Sto cercando di aiutarti. Se resti qui, ti arresteranno e ti processeranno per omicidio. La Coalizione dovrà avere a che fare per mesi, se non anni, di fermento mediatico. Se invece te ne vai, questo circo finisce qui e ora. Il senatore umano ha usato il cellulare per chiamarmi. Vuole che gli umani sappiano che tu te ne sei andato, così che possano dormire sogni tranquilli."
Sbuffai. "Forse dovrebbero essere contenti sapendo che

il bastardo che ho ucciso non rappresenta più una minaccia."

La comandante disse: "Questa è la Terra, Jorik. Le regole le fanno loro."

"E allora porterò la mia compagna con me" ripetei.

"Lei non è la tua compagna."

"Lei è la mia sposa."

La comandante scosse il capo. "No, non lo è. Non ti sei ancora guadagnato il privilegio di reclamarne una."

Le regole affermavano che un soldato della Coalizione poteva sottoporsi ai test del Programma Spose solo dopo aver completato il servizio militare. Sgranai gli occhi, finalmente avevo capito. Aveva intenzioni di farmi lasciare la Terra ora e subito, senza Gabriela, senza averle nemmeno potuto dire addio.

"Devo andare nello spazio e continuare a combattere per la Coalizione, e poi potrò tornare da lei?"

La comandante sospirò. "Andrai nello spazio. Per sempre. Sei stato bandito da questo pianeta."

Bandito...

"Ma la mia compagna!" dissi, mentre la mia bestia cominciava a ringhiare.

"Sarà meglio che ti dimentichi di Gabriela Olivas Silva."

Dimenticarmi di Gabriela?

"No!" La rabbia prese il sopravvento e la mia bestia cominciò a crescere. Ci vedevo rosso, sentivo la pelle che mi formicolava, la mia statura che cresceva. "Mia."

Udii la comandante del centro gridare qualcosa nel suo comunicatore, vidi due guardie entrare nella stanza, i fucili a ioni puntati su di me. Sentii le sedie nelle mani, mentre le tiravo in giro per la stanza. Gabriela era mia. Non l'avrei abbandonata. Non potevano separarci. Non potevo *dimenti-*

carla. Un assaggio, un tocco, un grido ansimante mentre godeva sul mio cazzo – e avevo capito.

"Lei. È. Mia" dissi ringhiando e ribaltando il tavolo.

I miei pensieri erano tutti per Gabriela. Per i suoi capelli lisci, per le curve del suo corpo. Poi sentii il bruciore di un colpo stordente sparato da una pistola a ioni. Mi bloccai, ma la bestia dentro di me continuò a ringhiare.

"Recuperate immediatamente un trasportatore portatile e caricate le coordinate del Settore 437. Ci penserà Wulf a lui." La comandante del centro mi si piazzò davanti. Adesso che la mia bestia aveva assunto il controllo, ero molto più alto di lei. "Mi dispiace che le cose siano andate così, ma quando sarai sul campo di battaglia a lottare contro lo Sciame vedrai che ti dimenticherai di questa donna, della Terra."

Vidi una guardia irrompere nella stanza e consegnare il piccolo dispositivo di trasporto nelle mani del comandante.

No! Quel piccolo affare mi avrebbe portato via da Gabriela. Non riuscivo a muovermi. Non potevo resistere.

Cazzo!

La comandante mi schiaffò il trasportatore portatile sul petto, sentii un bip. Era partito il conto alla rovescia. Era chiaro che la comandante non voleva partire con me. Fecero tutti un passo indietro e cominciai a sentire un leggero sfrigolio.

No. *No!*

Sbattei le palpebre. Lo feci di nuovo. Mi ritrovai sulla piattaforma di trasporto di una delle corazzate. Non sapevo quale. Non mi importava. Sapevo solo che non ero più sulla Terra.

Un battito di ciglia – letteralmente – e Gabriela si trovava a centinaia di anni luce da me.

Ora non ero più stordito, ma non potevo andare da nessuna parte. Era impossibile tornare sulla Terra.

"Jorik."

Mi girai e vidi un Atlan gigante. Capii di chi si trattava ancor prima che mi dicesse il suo nome. E capii anche dove mi trovavo.

"Benvenuto sulla Corazzata Karter, Jorik. Io sono il Comandante Wulf."

Cominciai a camminare in tondo sulla piattaforma, come se ci fosse un modo per tornare sulla Terra. "Devo tornare sulla Terra. È lì che si trova la mia compagna."

Il guerriero si accigliò e controllò il tablet che aveva in mano. Io ero normale per essere un Atlan. Ma Wulf? Mi faceva sentire piccolo. Non c'era da meravigliarsi che tutti, in tutti i settori dello spazio, lo temessero. Se un giorno fosse andato in pensione, sarebbe tornato su Atlan e lo avrebbero venerato come un dio.

"Lei è la mia compagna, Wulf." Speravo che questo maschio Atlan potesse capirmi, aiutarmi. "Devo tornare da lei. Ho bisogno di lei."

Wulf mi guardò. "Qui non dice niente a proposito di una compagna."

Sentii la bestia muoversi dentro di me, le mie ossa che scricchiolavano, la mia faccia che cresceva di nuovo. Il ringhio che emisi fu simile a un ululato. "Lei è mia."

Per nulla turbato, il comandante continuò a guardarmi, come per valutarmi. La sua mancanza di paura nel vedere la mia bestia. Avrebbe dovuto sorprendermi, ma sapevo abbastanza cose su di lui da sospettare che potesse mettermi al tappeto senza doversi nemmeno trasformare. Quel bastardo era veramente grosso.

Wulf non mi rispose. La mia bestia si fece irrequieta. A

costo di distruggere questa nave a mani due, avrei trovato qualcuno che mi avrebbe ascoltato, che mi avrebbe rispedito sulla Terra.

"Devo. Tornare. Da. Lei."

Wulf non poté non notare la mia disperazione. "Va bene. Calmati." E in un batter d'occhio la mia bestia si acquietò.

"Mia. Gabriela. Mia."

Wulf annuì. "Va bene. Ne parlerò con il Comandante Karter quando ritorneremo dalla nostra missione. Lui può chiamare la Custode Egara sulla Terra. Se la tua donna è d'accordo, troveremo una soluzione."

Ora riuscivo di nuovo a parlare. A pensare. Finalmente qualcuno che mi stava a sentire. E non avevo dubbi che Gabriela avrebbe acconsentito a tornare da me. L'avevo lasciata sazia, mi ero preso cura di lei a dovere. L'avevo protetta. Aveva gridato il mio nome, era venuta sul mio cazzo. Era mia. "Lei è mia," dissi ad alta voce per farlo capire a Wulf.

"Basta. Andiamo. Devi prepararti. Attaccheremo Latiri 4 tra due ore, così potrai dare sfogo a tutta questa tua aggressività."

Uccidere i soldati dello Sciame era allettante. Almeno per qualche ora. Forse, la prossima volta che avrei parlato con la comandante sulla Terra, sarei riuscito a non perdere la pazienza. E non riuscivo a pensare a niente di meglio che fare a pezzi dozzine di soldati dello Sciame, tornare esausto e far arrivare qui Gabriela così da poter affondare nel suo corpo caldo e morbido, nella mia donna. "Andiamo."

―――

GABRIELA, *quattro settimane dopo*

. . .

"Mi spiace, signorina, ma non posso lasciarla entrare." La severa guardia se ne stava in piedi bloccandomi l'accesso al Centro Elaborazione. Non era neanche lontanamente grosso quanto Jorik, e di certo era un umano, ma era pur sempre un tipo intenso.

Passavo qui davanti ogni giorno per andare a lavoro... due volte al giorno, e non mi ero mai fermata prima d'ora. Non ce n'era mai stato bisogno. Ma stavo cominciando a perdere le speranze.

Erano passate quattro settimane e tre giorni da quando io e Jorik eravamo stati insieme nel mio appartamento. Quattro settimane e tre giorni da quando era stato richiamato al centro ed era scomparso. Il giorno dopo ero passata qui davanti sperando di vederlo, di parlare con lui, di pensare a quando avremmo potuto di nuovo stare insieme. Ma lui non era di turno. Ero passata qui davanti anche il giorno dopo, e lui, di nuovo, non era di turno. Non lo vedevo da allora.

Per un po' dubitai che per lui fossi stata una semplice conquista, una storiella da raccontare ai suoi amici. Ma Jorik non era così. Era venuto spesso a trovarmi a lavoro, e sapevo che il motivo non erano i gelati. Era venuto per me. E poi mi aveva salvata da quel rapinatore. Ancora tremavo pensando a quello che sarebbe potuto succedere.

"Devo parlare con qualcuno che lavora qui" gli dissi.

"Vuole offrirsi volontaria come sposa?" chiese lui guardandomi.

Oggi faceva caldo, e avevo la maglietta Sweet Treats appiccicata alla schiena. Avevo i capelli zuppi, mi sentivo nauseata. Avevo bisogno di togliermi da sotto il sole, ma prima dovevo trovare Jorik.

Per fortuna, dopo la rapina, non mi avevano licenziata. L'incidente era passato sui telegiornali, ma tutti si erano concentrati sull'alieno che aveva strappato la testa di quell'umano. Io avevo provato ad evitarlo, ma l'internet è un posto crudele, e la mia curiosità è ancora più crudele. I telegiornali avevano oscurato le parti più scabrose, ma il video vero e proprio era trapelato lo stesso. Diamine, a quest'ora tutte le persone del mondo avevano visto lo sguardo terrificante che Jorik aveva negli occhi quando aveva ucciso il rapinatore.

Ma io sapevo come erano andate realmente le cose. Lui l'aveva fatto per me. Per proteggermi.

Non mi aveva spaventato quello che aveva fatto. E non avevo paura di quanto avevo visto nei video. Mi faceva sentire... al sicuro. Il che era strano e mi faceva sentire la sua mancanza. Senza di lui mi sentivo estremamente sola. Tra quello e il caldo, la mia nausea non fece che aumentare, e proprio non riuscivo a interrompere la copiosa sudorazione.

"La prego, mi faccia entrare."

Dovevo vedere Jorik. Dovevo sapere cosa gli era successo. E anche se non mi voleva più – il solo pensiero mi faceva venire voglia di mettermi a piangere – lui si meritava di conoscere la verità. Aveva detto la parola *mia* ancora e ancora quando eravamo insieme. Era un tipo possessivo. Possessivo in modo ridicolo. Aveva strappato la testa di un uomo con le stesse mani che mi avevano accarezzato i seni, che mi avevano fatta venire più di una volta.

Era spietato, ma anche gentile. Ed era mio.

Dio, lo volevo. Mi mancava. E ora, dopo quello che avevo scoperto qualche settimana fa, avevo bisogno di lui.

Non poteva essere una semplice butta e via. In preda alla passione, non avevamo usato alcune protezione – non che sulla Terra esistessero dei preservativi abbastanza grandi per il cazzo di Jorik. E ora ero rimasta incinta. Me lo avevano confermato quattro test.

"Le spose devono registrarsi dall'altra parte dell'edifico, signorina. Deve recarsi all'entrata principale. Questo ingresso è riservato allo staff."

Scossi il capo. "No, non voglio offrirmi come volontaria" dissi all'uomo che attendeva pazientemente la mia risposta. Non avevo bisogno di diventare una sposa. Avevo trovato l'alieno che volevo. Oppure volevo l'alieno che già avevo.

"Allora, signorina, come ho detto, non può entrare." Sollevò le mani come se avessi intenzione di mettermi a correre per entrare.

Chiusi gli occhi, feci un respiro profondo.

"Io... sono un'amica di Jorik," dissi provando una strategia diversa. "Lavorava come guardia qui, proprio come lei."

L'uomo si rilassò, accennò un sorriso. "Io sono nuovo qui, sono arrivato due settimane fa. Non conosco nessuno Jorik."

"È un Atlan alto quasi due metri." Sollevai le mani per fargli vedere quanto ero alto, il che mi fece sembrare come se stessi prendendo le misure di una giraffa. "Capelli scuri, imbronciato."

La guardia scosse la testa. "Mi spiace."

"Può chiedere a qualcuno, allora? Non c'è bisogno che io entri. Devo solo fare alcune domande."

Al che arrivò una donna, pronta per andare a lavoro. Tirò fuori il badge per farlo ispezionare alla guardia. Aveva i capelli neri raccolti in uno chignon. La sua uniforme delle Spose Interstellari – una gonna con una camicetta bianca e una giacca – era linda e pinta persino con l'umidità asfissiante del sud della Florida.

"Forse io posso aiutarla" disse la donna sorridendomi. "Io sono la Custode Egara."

Le sorrisi. "Gabriela Silva."

"Ha qualche domanda riguardo le spose?" mi chiese inarcando un sopracciglio.

Scossi il capo. "No, su un Atlan che lavora qui."

Mi guardò con maniera efficiente. "Perché non entra con me, al fresco? Vedrò cosa posso fare." Lanciò un'occhiata alla guardia, che annuì.

Entrammo nell'edificio e la donna mi condusse in un piccolo ufficio. "Si sieda."

L'aria condizionata era una manna dal cielo, ed ero contenta di potermi finalmente mettere a sedere. La gravidanza è strana. Per tutta la vita ero stata abituata alle lenzuola bagnata dall'umidità tipica della Florida, ma ora riuscivo a malapena a sopportarla. Se non fosse stato per i test che avevo fatto, forse queste vampate di calore, la sudorazione e i giramenti di testa mi avrebbero fatto pensare di aver raggiunto già la menopausa.

La donna si sedette dietro alla propria scrivania. La scrivania era sgombra, c'era solo un tablet, ed era tutto in ordine. La stanza era spartana, i muri bianchi. L'unico ornamento era il grosso logo PSI sul muro dietro di lei. "Si sente bene?" mi chiese.

Annuii, non avevo la minima intenzione di parlarle del bambino. Se lo avesse saputo, cosa avrebbe fatto? Avrebbe provato a portarmelo via? Mi avrebbe costretta a sottopormi a qualche strambo test alieno? Senza Jorik, non volevo correre rischi. Stavo ancora sudando e la mia pelle, da verde, stava cambiando di nuovo colore mentre passavo dal sentirmi accaldata a nauseata, e viceversa. "Sì, avrei dovuto indossare la gonna oggi, non i jeans."

Magra scusa, ma lei se la bevette.

"Quindi, come posso esserle d'aiuto?" mi chiese. "Ha delle domande su un certo Atlan?"

Dio, veramente voleva aiutarmi? "Sì, sto provando a rintracciare un Atlan di nome Jorik. Fa la guardia qui."

"Le guardie non sono mie. Rispondono al Comandante del centro." Sollevò una mano. "Quest'ala è riservata al Programma Spose."

"Oh," mormorai guardandomi le ginocchia. Un altro vicolo cieco.

"Ma posso dare benissimo una controllata."

Alzai la testa con uno scatto e la guardai negli occhi. "Grazie. Ormai è un mese che provo a contattarlo. Siamo diventati... amici, ma lui è stato richiamato qui dopo avermi salvato la vita. E poi non l'ho più visto. Mi sono fermata qui mentre andavo a lavoro, ma le guardie non vogliono dirmi nulla."

La donna annuì. "Non dovrebbero."

"Sì, l'ho capito. Ho anche telefonato più di una volta. Ma nessuno vuole dirmi niente."

La donna si acciglio. "Perché le interessa questo Atlan?"

"Io..." Non volevo dirle che avevamo fatto l'amore, che eravamo legati, che c'era qualcosa tra di noi. Non pensavo che mi avrebbe compresa. Era un'umana, ma... probabilmente non ero la prima donna a perseguitare un alieno di cui si era innamorata. "Sono la donna del negozio di gelati. Era lì e mi ha salvato la vita dal rapinatore."

La donna guardò la mia T-shirt e trovò la conferma di cui aveva bisogno. "Ah, sì. Ne ho sentito parlare. Sono contenta che lei stia bene."

Sorrisi in modo forzato. "Sì, beh, è solo grazie a Jorik... e volevo ringraziarlo."

Volevo anche accoccolarmi a lui e sentirmi dire che avere un bambino alieno non era un problema, che sarebbe andato tutto bene. Che sarebbe stato al mio fianco e non mi avrebbe lasciata da sola a crescere questo bimbo. E quando mi avrebbe stretta, quando mi avrebbe fatto sentire di nuovo al sicuro, come se non ci fosse un problema al mondo, gli sarei saltata addosso e mi sarei presa il suo cazzo per farmi una bella cavalcata – ma non dissi niente di tutto ciò alla custode.

Mosse il tablet che aveva di fronte e toccò lo schermo. Aspettai con pazienza che finisse.

"Jorik." Pronunciò il suo nome ad alta voce e continuò a toccare lo schermo del tablet. "Guardia." La sua mano si fermò ma le continuò a guardare lo schermo.

Poi sollevò la testa. "Gabriela, Jorik è stato accusato di omicidio di secondo grado dal procuratore distrettuale di Miami."

Sussultai.

"Per evitare di essere perseguito, e anche per evitare un circo mediatico interplanetario, è stato riassegnato. Non si trova più sulla Terra."

"Omicidio?" Mi si raggelò il sangue per lo choc. "Dev'esserci un errore. Perché?"

Mi guardò e mi disse: "A causa di quell'incidente nel tuo negozio."

Mi accigliai. "Ma lo ha fatto per proteggermi."

"Avrebbe potuto stordire quell'uomo, sottometterlo. Invece ha scelto di ucciderlo."

Dio, aveva ragione. Lo sapevo. Ma, in quel momento, con la punta della pistola che affondata dolorosamente nella mia carne, non mi era importato di quello che aveva fatto Jorik. Ora ero contenta che il rapinatore fosse morto. Mi aiutava a dormire la notte, ad andare al lavoro la mattina.

"Ma non è giusto."

Lei fece spallucce e non disse nulla.

Povero Jorik. Non era qui. Non era sulla Terra. Non c'era da meravigliarsi che mi sentissi così sola. Se n'era andato. Per sempre.

Mi leccai le labbra. "Posso... posso inviargli un messaggio?"

La custode mi sorrise, ma fu lo sguardo che aveva negli occhi a farmi mordere le labbra. "Mi dispiace, ma non è possibile. Jorik è stato dichiarato disperso in azione ventisei giorni fa durante una battaglia contro lo Sciame."

Disperso in azione? Un'espressione che conoscevo. Eppure... non potevo abbandonare le speranze. Non poteva essere morto. "Che cosa significa? Dove si trova?" sussurrai, quasi incapace di parlare.

"È stato catturato dallo Sciame, tesoro."

Mi portai la mano sulla bocca. Forse avrei vomitato. Catturato? Lo Sciame? Gli occhi mi si riempirono di lacrime.

"Ma... ma lui era qui... come può essere... lì?

"Jorik è strato trasferito nel Settore 437 ed sceso subito sul campo di battaglia."

Deglutii, mi leccai di nuovo le labbra, mi asciugai le lacrime che mi colavano lungo le guance. La custode mi diede un fazzoletto.

"Qualcuno sta provando a salvarlo?" chiesi. Era difficile immaginare qualcuno di grosso e spietato come Jorik che veniva catturato e tenuto prigioniero contro la sua volontà. Avevo sentito parlare dello Sciame, tutti ne avevamo sentito parlare, ma io ero proprio come tutti gli altri. Erano il mostro sotto al letto, il fantasma nell'armadio. Non erano *reali*. Non lo erano mai stati. Fino ad ora. Fino a quando non avevano fatto prigioniero l'uomo che amavo. Ventisei giorni fa.

La custode inclinò la testa da un lato e allungò una mano verso di me. Io mi sporsi in avanti ansiosa di ricevere il conforto che mi offriva. C'era qualcosa in lei che mi diceva che potevo fidarmi di lei. "Non è così facile, Gabriela. Lo Sciame integra tutti combattenti della Coalizione che cattura. Col tempo, le integrazioni dello sciame rubano loro le loro menti, la loro volontà, fino a quando non rimane che il corpo e diventano dei soldati dello Sciame. Gli Atlan, però, sono diversi. Come hai potuto vedere durante la rapina, tutti gli Atlan hanno una bestia che vive dentro di loro, una forza di una potenza straordinaria. Possono sopportare le integrazioni dello Sciame..."

Mi sporsi in avanti. "Dunque c'è speranza per lui!"

"No, l'opposto. Gli Atlan si oppongono alle integrazioni. Le loro bestie si oppongono." Mi strizzò la mano e le parole che pronunciò in seguito mi tolsero il fiato. "Lottano fino alla fine, tempo. Se lo Sciame è paziente, o determinato, lì terrà in vita, proverà a controllare la loro bestia. Ma la maggior parte degli Atlan vengono eliminati. Un Atlan che si trasforma può rivelarsi un prigioniero molto, molto pericoloso."

Mi rimisi a sedere, sconvolta. Non riuscivo a smettere di piangere. "Mi stai dicendo che Jorik è morto?"

Mi guardò con uno sguardo pieno di pietà. "Al momento risulta ancora prigioniero. Ma ormai sono passate tre settimane. La maggior parte dei salvataggi avviene nei primi giorni. Dopo, le probabilità..." La sua voce si fece flebile e lei fece spallucce. "Mi dispiace."

Stavo piangendo a dirotto, ogni mia speranza era ormai morta. Molto probabilmente, Jorik era morto.

Mi pulii gli occhi con il fazzoletto e mi alzai. Non potevo starmene seduta a piagnucolare. Potevo farlo dopo. Lui mi aveva amato. Si era preso cura di me. Il tempo che avevamo passato insieme non faceva parte della mia immaginazione. Era stato mio. E ora se n'era andato per sempre. Avevo tutto il tempo del mondo per piangerlo, per pensare a cosa saremmo potuti essere assieme.

Ma non ora. Ora dovevo andare a lavoro. Dovevo guadagnare dei soldi, stavo per avere un figlio. Il figlio di Jorik. L'unica cosa che mi restava di lui.

"Sono sicuro che sarebbe contento di sapere che è venuta a ringraziarlo. Starai bene?" mi chiese venendomi vicina.

Non risposi, perché lei non sapeva quanto lui fosse importante per me.

O, forse, sì.

"Ci sono molti guerrieri Atlan là fuori, Gabriela. Degli uomini onorevoli, proprio come Jorik. Se mai volessi offrirti come sposa volontaria, vieni a trovarmi."

La guardai e annuii. Non ero interessata a farmi abbinare a un maschio a casa. La Custode Egara quello non lo sapeva, non sapeva che il mio cuore apparteneva a Jorik, ed era per quello che mi aveva suggerito di farlo.

"Grazie mille. Sei stata gentilissima."

Mi accompagnò fuori dall'edificio e io andai a lavoro in silenzio, mentre le lacrime mi rotolavano lungo le guance. Le lasciai cadere, lasciai che mi bagnassero il colletto della maglietta. Avevo conosciuto Jorik per brevissimo tempo, la nostra vicinanza era stata forgiata dalle poche ore che avevamo trascorso insieme. Non avrebbe dovuto essere così difficile vivere senza di lui, eppure... avevo il cuore a pezzi. Mi misi la mano sul ventre ancora piatto. Jorik era con me. Adesso era parte di me. Pensai al mio bambino – al *nostro* bambino – e feci un giuramento.

Non l'avrei mai dimenticato.

Noi non l'avremmo mai dimenticato.

5

Jorik, 8 mesi dopo – Pianeta Latiri 4, il Labirinto

ARRAMPICANDOMI LUNGO la parete rocciosa con la punta delle dita, mi girai per vedere gli altri tre Atlan che stavano facendo la stessa cosa. Feci loro un cenno col capo per dirgli che dovevamo muoverci. Feci qualcosa che non avrei mai pensato di poter fare. Mentre i Mastini dello Sciame correvano a tutta velocità in fondo alla gola, mi nascosi. Mi acquattai nei recessi più bui della caverna più in alto, addentrandomi il più possibile così che i droni dello Sciame non avrebbero potuto trovarmi. Sapevo che i miei compagni avevano fatto lo stesso.

Non li conoscevo. Erano fratelli che erano stati tenuti in celle separate dalla mia. Li conoscevo solo grazie alle loro urla. Ma avevano lottato. Sapevo che avevano resistito allo Sciame con tutto il fiato che avevano in corpo. Erano dei guerrieri, e quando mi ero liberato e avevo distrutto l'intero laboratorio dello Sciame, lo erano stati al mio fianco, urlando e sfasciando tutto in preda alla furia.

Ora eravamo liberi e stavamo fuggendo. Ci nascondevamo. Guidati dai nostri istinti di sopravvivenza. Ma io avevo un obiettivo. Uno scopo, che mi spingeva a lottare per la mia vita – tornare dalla mia compagna. Da Gabriela.

Avevo perso il conto di quanti giorni fossero passati dall'ultima volta che avevo toccato la sua pelle morbida, dall'ultima volta che l'avevo penetrata e l'avevo posseduta. Dall'ultima volta che avevo sentito la sua voce che pronunciava il mio nome. Da che l'avevo baciata... non sapevo se lo Sciame mi avesse tenuto prigioniero per due mesi o venti. Sapevo solo che dovevo continuare a lottare. Per lei.

La gola dove ci eravamo nascosti era famosa per essere composta perlopiù da rocce magnetizzate che interferivano con i comunicatori sia della Coalizione che dello Sciame. Gli Atlan chiamavano questa zona "il Labirinto", e quando la Coalizione affrontava lo Sciame su questo pianeta, era sempre qui che si svolgevano le battaglie. Chiunque si perdeva qui in queste gole doveva cavarsela da solo. L'unica possibilità di salvezza era di raggiungere uno degli avamposti della Coalizione e farsi salvare. Se un guerriero non attivava i trasmettitori come avevamo fatto noi, le unità ReCon non avrebbero potuto localizzarli. Niente comunicazioni. Niente estrazione. Niente soccorso. Ora come ora, eravamo completamente da soli. Dovevamo aspettare che qualcuno venisse a salvarci.

Lo sapevo. Lo sapevo io e lo sapevamo tutti. E lo sapeva anche il mio corpo – affamato e costretto a consumare le microscopiche cellule di integrazione dello Sciame come unica forma di sostentamento.

Esternamente sembravo sempre lo stesso. Ma lo Sciame non si era limitato a dare delle nanotecnologie in pasto al mio corpo, mi aveva reso forte. Anormale. Persino per un Atlan. Potevo frantumare le pietre a mani nude.

Potevo sopravvivere per settimane senza mangiare.

Potevo respirare l'aria tossica di questo pianeta, e non solo per qualche ora, come i miei confratelli, ma a tempo indeterminato.

Avevano catturato una bestia e ne avevano fatto un mostro. Non si tronava indietro. Ma non importava. Ero pur sempre Jorik, un Atlan. Avevo conservato la mia mente, grazie agli dèi. E questo corpo che avevano creato? Anche lui era mio.

No, non mio. Di Gabriela. Tutto ciò che avevo e tutto quello che ero, erano suoi. Ora ero più forte, e quindi ancora più in grado di proteggerla. Potevo usare questa mia nuova forza per sopravvivere e tornare da lei.

La mia bestia era d'accordo con me. Si era sobbarcata il peso delle torture dello Sciame. Aveva lottato e si era infuriata. Si meritava il soffice tocco della nostra compagna molto più di me. Saremmo tornati da lei, o saremmo morti provandoci. La vita senza Gabriela non era degna di essere vissuta.

E lo Sciame? Mi ero opposto a loro anima e corpo. Come tutti gli altri. E non appena si erano scordati di somministrarmi il cocktail chimico che usavano per tenermi intontito, domato... li avevo uccisi tutti quanti. Avevo dato la caccia allo scienziato capo, un'Unità di Integrazione di alto grado. Avevo lasciato quel bastardo sadico per ultimo, l'avevo fatto a pezzi e avevo sparso ciò che rimaneva del suo corpo nelle celle dove io e gli altri Atlan eravamo stati tenuti prigionieri.

Era un avvertimento. Forse lo Sciame non avrebbe compreso il mio messaggio, ma non mi importava.

Lasciate stare gli Atlan.

Così come avevo fatto sulla Terra e con quello stronzo che aveva puntato la pistola contro Gabriela. Avevo detto la stessa cosa agli umani. Lasciate stare gli Atlan.

E ora eravamo in quattro, più forti che mai – grazie alle integrazioni dello Sciame – in attesa di una squadra ReCon abbastanza folle da atterrare al centro del labirinto e salvarci. Avevamo attivato il segnalatore d'emergenza dodici ore fa. Dodici ore fa, cazzo.

Vidi delle ombre muoversi all'entrata della mia caverna e mi accorsi della presenza di un altro dei miei fratelli. Restai fermo, in silenzio, aspettando che mi venisse incontro. Quando mi venne vicino ed entrambi dirigemmo la nostra attenzione verso gli eventuali pericoli, Wulf parlò per la prima volta dopo ore.

"I Mastini sono passati oltre" mormorò.

"Torneranno."

Lui sospirò e io aspettai di sentire le cattive notizie.

"Ormai sono anni che combatto sulla Karter. Ci vogliono circa otto ore per radunare una squadra ReCon e farla arrivare qui."

Sapevo dove voleva andare a parare, ma mi rifiutai di arrendermi. Non ancora. "Che vuoi dire, comandante?"

"Non verranno, Jorik" rispose lui, la voce priva di qualsiasi emozione. Non che ne mostrasse mai alcuna. "Sono già in ritardo di quattro ore. Dobbiamo tornare al Centro Integrazione e rubare uno shuttle dello Sciame."

Cominciai a scuotere la testa ancor prima di aver formulato un pensiero. "No. Quel posto era pieno di soldati ancor prima che ce ne andassimo. E, dopo quello che abbiamo fatto, adesso ce ne saranno almeno il doppio. Potrebbero essercene a migliaia, ora, a fare la guardia a quegli shuttle."

"Lo so. Ma ne uccideremo il più possibile." Mi rifiutavo di accettare l'ineluttabilità a cui alludevano le parole di Wulf.

"Anche se riusciamo a rubarne una, la Karter ci farà in mille pezzi se ci avviciniamo alla corazzata."

Wulf sospirò, sapeva che era così. "Di quello ce ne preoccuperemo se e quando riusciremo a rubare uno di quegli shuttle."

"No. Aspettiamo."

"Il comandante sono io, Jorik. Se dico agli altri di muoversi, lo faranno."

"E staresti ancora a marcire dentro a una di quelle celle, se non fosse stato per me" risposi io. "Io ho una compagna, comandante. Devo tornare da lei. Dammi almeno un altro paio d'ore." Guardai Wulf negli occhi per fargli sapere che facevo sul serio. Non potevo arrendermi così facilmente. "Due ore. Se non si fanno vedere, allora vorrà dire che dovrà distruggere l'intero pianeta per tornare da lei."

Wulf sogghignò, il primo segnale di speranza che vedevo da mesi, e mi diede una forte pacca sulla schiena. Mi lasciò il livido, ma non mi interessava. Se provavo dolore significava che ero ancora vivo. "Va bene. Altre due ore. Poi procediamo con l'attacco."

Grazie agli dèi. "E gli altri?"

Wulf disse ciò che mi aspettavo, ma avevo bisogno di sentirlo. "Aspetteranno i miei ordini."

Aspettammo in silenzio e devo ammettere che la sua compagnia mi faceva piacere. Passarono trenta minuti. Poi passò un'ora. Due.

Sapevo esattamente che ora era, grazie allo Sciame, ora

tutte le cellule del mio corpo lo sapevano. Sentivo i secondi che passavano, come se, secondo dopo secondo, la speranza che provavo scivolasse via dal mio corpo, goccia dopo goccia. Mi sforzai per sentire i soldati che si avvicinavano, i motori della navicella, un qualunque segnale che mi avrebbe fatto sapere che stavano arrivando.

Silenzio.

"Due ore, Jorik. Mi dispiace" disse Wulf.

"Lo so." Wulf era arrivato a un compromesso con me; ora a me toccava fare lo stesso.

Uscimmo dalla caverna e osservammo la gola. Non c'era traccia di Ricognitori o Mastini dello Sciame, ma io non mi facevo ingannare. Non erano lontani, e quei Mastini erano velocissimi.

Wulf si sporse per guardare in basso. Lanciò un fischio sommesso e altri due Atlan apparvero come se fino ad ora si fossero sciolti nella roccia in attesa di poter riassumere la loro forma solida.

Wulf indicò loro di arrampicarsi verso l'alto. Il Centro Integrazione si trovava nelle profondità di una roccia a circa quattro chilometri da noi. Gli scanner della Coalizione non sarebbero mai riusciti a rilevarlo, e non avevamo idea da quanto tempo questo fortezza dello Sciame si trovasse lì. Ben nascosti com'erano, era facile per loro razziare i cadaveri dal campo di battaglia e portarli direttamente in un'Unità di Integrazione. Proprio sotto al naso del Comandante Karter.

Era una cosa geniale. E pratica. Tipico dello Sciame.

Non c'era da meravigliarsi che in tutto questo tempo non avessero mai rinunciato a questo pianeta. Per loro era una specie di fabbrica. Infiniti guerrieri, infinite battaglie. Il posto perfetto per nutrire l'insaziabile bisogno che provavano di consumare le altre razze.

"Andiamo," ordinò Wulf. "State bassi, muovetevi veloci. Tenete sotto controllo le vostre bestie fino all'ultimo momento."

"Ricevuto." Se non fosse stata la mia bestia a pronunciare quest'ultima parola, il suo ordine mi sarebbe apparso ridicolo. *Lo so*. Due semplici parole troppo dolorose da pronunciare. E così era stata la bestia a farlo per me. Ora dovevo tenerla sotto controllo, ignorare il dolore e muovermi in silenzio. Velocemente. Dovevamo infiltrarci come ombre e lasciar scatenare i nostri mostri. Non saremmo sopravvissuti. Non avremmo mai raggiunto quegli shuttle. Lo sapevamo tutti. Ma avremmo portato con noi quanti più possibile di quei bastardi.

Era meglio che starsene nascosti in una caverna ad aspettare... per niente. A perdere le speranze.

Ci trovavamo circa a metà strada quando Wulf si fermò di colpo e sollevò un braccio per farci cenno di fare altrettanto.

Una volta che il mio battito rallentò e la smise di martellarmi nell'orecchio, anche io sentii ciò che aveva sentito lui.

Il motore di uno shuttle. Proveniva dalla direzione opposta.

La mia bestia ululò, come per richiamare a sé lo shuttle.

Due minuti dopo, lo shuttle atterrò sul terreno sconnesso e io mi ritrovai ad osserva la faccia del un piccolo umano a capo della squadra ReCon.

Wulf lanciò un urlo e abbracciò l'uomo con foga.

"Cazzo, Wulf, è bello vederti. Vacci piano. Dobbiamo smontare le tende, e alla svelta." Il capitano e la sua squadra ci circondarono. Erano armati fino ai denti. Non presi nemmeno uno dei loro fucili, non ne avevo bisogno. Non più.

"Seth. Cazzo. Pensavo di non vederti mai più." Wulf lo lasciò andare, fece un passo indietro e gli diede una pacca sulla spalla. "Solo un idiota come te poteva venire in un posto del genere."

Il capitano si mise a ridere. "Oh, lo so. Che lavoro del cavolo. E se non riporto le chiappe a casa, ci penserà Chloe ad ammazzarmi."

Anche Wulf si mise a ridere e, come se un segnale magico fosse passato tra i due uomini, entrambi si girarono all'unisono e si diressero di corsa verso lo shuttle. Tutti noi li seguimmo e il cuore cominciò a battermi forte. Non per la paura, ma in anticipazione. Per il bisogno.

Gabriela.

Ci chiudemmo il portellone dello shuttle alle spalle e io feci per muovermi verso il capitano, ma Wulf fu più veloce di me. Decollammo e sentimmo il pavimento di metallo che si muoveva sotto di noi.

"Reggetevi!" Tutta la squadra ReCon tranne Seth si era allacciata le cinture di sicurezza. Ma gli shuttle ReCon non erano fatti per ospitare una bestia Atlan, e noi facemmo del nostro meglio per reggerci nella piccola area di carico. Di fianco a me, Kai ed Egon si reggevano forte, senza parlare. Lasciare che fosse il loro comandante a farlo al posto loro.

"Seth, devo parlare con Karter" disse Wulf.

Seth annuì. "Nessun problema. Lo chiamo non appena usciamo dall'atmosfera."

Wulf aveva un aspetto tetro, e così anche i due Atlan in piedi di fianco a me. "E la comandante Phan."

Il sorriso di Seth svanì. "La comandante Phan? Non Chloe?"

"Sì. E tutti gli altri ufficiali dell'Intelligence di stanza sulla Karter."

"Va così male?" chiese Seth con voce tetra. "Non voglio coinvolgere la mia compagna in altri casini. Sta già facendo troppo, e a me non piace. Wulf, è pericoloso, cazzo."

"È peggio di quanto non abbiamo mai immaginato" disse Kai, l'Atlan dai capelli biondi alla mia destra. "Lo Sciame ha messo su una specie di fabbrica per assimilare i morti e i feriti. Proprio qui su Latiri 4. Proprio sotto al naso del comandante Karter."

Seth restò in silenzio. Uscimmo dall'atmosfera con un po' di turbolenza e, finalmente, potei rilassarmi. Adesso eravamo al sicuro. Sani e salvi. E, d'improvviso, mi sentii esausto. La mia bestia era esausta. Persino questa piccola tregua era piacevole. Non tanto quanto avvinghiarmi al corpo caldo di Gabriela, ma era pure sempre una bella sensazione.

Wulf e Seth si diressero verso la cabina di pilotaggio. Li seguii. Seth era un umano. Di certo sapeva come contattare la Terra. Come trovare la mia donna.

Ma prima veniva il dovere. Permisi a Wulf di effettuare la prima chiamata diretta verso il terrificante comandante Prillon di nome Karter. Non l'avevo mai incontrato, ma dal modo in cui la ciurma rispondeva a ogni sua singola parola era chiaro che tutti lo rispettavano. Wulf si rivolse a lui con rispetto, e tanto mi bastava.

Wulf gli diede le esatte coordinate e i dettagli fondamentali e stabilirono una riunione. Anche io avrei dovuto esserci, non si discuteva. Conoscevo la struttura come il palmo della mia mano. L'avevo esplorata quasi tutta, conoscevo il numero degli occupanti, gli orari dei trasporti, tutte informazioni utili di cui avevo preso nota. E così avevano fatto anche gli altri.

La chiamata terminò. La mia bestia non poteva aspettare nemmeno un altro secondo. Si scatenò, la mia faccia si allungò, il corpo crebbe fino a quando non dovetti piegarmi in avanti per poter stare in piedi dentro a questo piccolo shuttle.

"Seth." Il mio ruggito interruppe la conversazione.

"Sì, Jorik?" Seth inclinò la testa e mi guardò, per niente intimorito. O era un idiota, oppure era uno degli uomini più coraggiosi che avessi mai conosciuto in vita mia.

"Chiama Terra. Compagna. Gabriela."

Seth mi sorrise. Cazzone. "La Terra è enorme, amico mio."

Alla mia bestia – torturata, malmenata, lasciata a morire di fame – non interessava la risposta del capitano. Quasi senza accorgermene, strinsi la mano attorno al collo di Seth e lo sollevai di peso. La bassa gravità mi impediva di strangolarlo, ma non avrebbe potuto impedirmi di spezzargli il collo, di strappargli la spina dorsale dal corpo. "Miami."

Wulf mi poggiò la mano sulla spalla. Non mi attaccò. Sapeva cosa doveva fare. Al momento, la mia bestia non era particolarmente ragionevole. E, cazzo, nemmeno io. Non dopo tutto questo tempo. Non potevo aspettare un altro secondo.

"Capitano" disse Wulf. "Farai meglio a chiamare la Terra. Meglio non invischiarsi tra una bestia e la propria compagna."

L'umano sollevò un sopracciglio. "Mettimi giù, Jorik. Chiameremo la tua compagna" rispose, e quelle sue semplici parole bastarono a confortarmi.

La mia bestia grugnì ma, lo stesso, mise giù l'umano.

Una mossa sbagliata e non avrei fatto nulla per impedire alla mia bestia di ribadire il concetto. La mia compagna si trovava sulla Terra. Da sola. Senza protezione.

Mia.

Seth si girò verso il pilota e annuì. Poi sentimmo tutti la voce di una donna che proveniva attraverso gli speaker. "Questo è il CEC della Terra. Come posso aiutarla?"

CEC. Centro Elaborazione della Coalizione. Spose e guerrieri.

A me non importava niente dei guerrieri che provenivano da quel pianeta. O delle spose. C'era un'unica donna di cui mi importava.

"Qui parla il capitano Seth Mills della Corazzata Karter, Settore 437. Devo localizzare immediatamente una donna della Terra. Il suo compagno è stato appena salvato da un Centro Integrazione dello Sciame. Dobbiamo informare subito la sua compagna."

"Meraviglioso!" La voce della donna sembrava compiaciuta in modo genuino, e la mia bestia si calmò ulteriormente. Non c'era stress nella sua voce. Nessuna preoccupazione. Nessun timore. Forse la mia compagna stava bene. Era al sicuro. "Come si chiama?"

Seth mi guardò e, per fortuna, ero tornato in me e potevo parlare. "Gabriela Olivas Silva." Diedi alla donna anche l'indirizzo, un'informazione che avevo memorizzato e custodito gelosamente durante la mia prigionia-

"Un attimo, prego."

Calò il silenzio, e tutti a bordo dello shuttle restarono in attesa. Alcuni erano curiosi; io stavo impazzendo. Un attimo dopo sentimmo di nuovo la voce della donna.

"Mi spiace, capitano, ma non ci sono spose registrate con quel nome."

Seth mi guardò.

Spinsi via la bestia così da poter parlare chiaramente. "Non è una sposa. L'ho conosciuta sulla Terra. Vive vicino al centro elaborazione."

"Capisco." La donna era contrariata? "La contatterò direttamente allora. Come si chiama il suo compagno?"

Rispose Wulf: "Jorik di Atlan."

Ci fu un sussulto sorpreso, poi il silenzio. Poi di nuovo la voce della donna. "Un momento, prego. Cercherò di mettermi in contatto con la donna."

Passarono diversi minuti. Ogni secondo sembrò un'ora. Ma poi desiderai con tutto me stesso di non aver sentito quello che mi aveva detto in seguito.

"Mi dispiace, capitano Mills" disse la donna. "Ho trovato la donna. È venuta al centro per cercare il proprio compagno dopo che era stato trasferito. Era stato catturato e ritenuto morto, e così le è stato detto. Temo che la donna si sia risposata. Con un umano.

"Cosa?" *Cosa? Sposata?* Quella era una parola umana, ma la mia NP mi stava dicendo qualcosa che avrei preferito non sapere. "Ha un nuovo compagno?"

"Mi dispiace," rispose la donna. "La credeva morto. Si è sposata tre mesi fa." La sua voce era piena di pietà, e così anche gli sguardi di tutti i membri della squadra ReCon, degli Atlan, e di Wulf. *Cazzo. Cazzo. Cazzo.*

La donna proseguì: "Non riesco a trovarla nel sistema. Suppongo che, essendo un guerriero appena sfuggito allo Sciame, verrà trasferito sulla Colonia. La avverto che ora può fare richiesta per una Sposa Interstellare. Dovrebbe sottoporsi ai test non appena arriverà sulla Colonia."

Farmi testare per una sposa? Col cazzo. Se non potevo avere Gabriela, allora sarei rimasto da solo. La mia bestia non avrebbe mai preso in considerazione un'altra donna, e nemmeno io.

Non dissi nulla, e così fu il capitano a parlare al posto mio. Si ingobbì e i suoi occhi si scurirono. Era come se riuscisse a comprendere il mio dolore. "Grazie, signorina. Passo e chiudo."

La comunicazione si interruppe, ma io non vi prestai attenzione. Mi accasciai sul pavimento dello shuttle, distendendomi sulla schiena, lo sguardo perso nel vuoto. La mia bestia, per la prima volta in vita mia, restò completamente in silenzio, morta.

6

Jorik, arena di combattimento, la Colonia

I DUE GUERRIERI Prillon con cui stavo combattendo non si fecero di nuovo sotto. Il primo non si era ancora svegliato dopo che l'avevo lanciato contro il muro. Il secondo stava provando a rimettersi in piedi, col sangue che gli colava dalla testa e sporcava di rosso il terreno sabbioso sotto di lui.

"Giù!" urlò la mia bestia all'idiota che stava provando ad alzarsi. Avrebbe dovuto restare giù invece di sfidare un mostro furente. Stava sfidando non solo la mia bestia, ma anche ciò che lo Sciame aveva fatto di me. Avevamo perso la nostra compagna. Il dolore ormai era parte costante della nostra esistenza, e ci aveva condotti qui. Nell'arena. Era l'unico luogo su questo pianeta dove ci era permesso di combattere.

Come sempre, la bestia prendeva il sopravvento, si

faceva carico del fardello della mia rabbia, ma adesso era molto più difficile riuscire a controllare. Specialmente qui nell'arena.

Persino la folla solitamente esultante adesso se ne stava in silenzio. Udii dei passi dietro di me. Mi girai e vidi Wulf, Kai, Egon, Braun e Tan che mi circondavano.

Cinque contro uno? E tutti Atlan, per giunta.

La mia bestia sorrise. Non si sarebbe trattenuta.

Ruggii, ma gli altri non risposero come mi aspettavo, e la mia bestia sollevò i pugni chiusi. "Avanti. Lottiamo."

"No" disse Wulf scuotendo il capo, ma Braun, di fianco a lui, si era completamente trasformato. E tutti gli altri erano sul punto di farlo. Silenziosamente. "Devi venire con noi, Jorik."

"Lotta." Non mi piaceva quello che aveva detto, e alla mia bestia piaceva ancora di meno. Avevamo bisogno di altro dolore. Di altro sangue. Era l'unico modo che avevo per sentire qualcosa, per dare sfogo alla mia angoscia. Alla mia furia.

"Basta combattimenti," proseguì Wulf. "Sei fuori controllo fin dal primo giorno. Il governatore ci ha ordinato di risolvere il problema."

"Lotta."

"Verrai con noi, Jorik, oppure andrai nella prigione di Bundar."

Quindi pensavano che avessi perso il controllo, che dovevano giustiziarmi. Cinque compagni Atlan erano d'accordo sul fatto che mi ero spinto troppo in là.

Forse avevano ragione. Non c'era luce per me in questo mondo. Nessuna speranza.

Niente Gabriela.

Eppure, anche mentre la parte maschile di me soffriva, la bestia di rifiutava di sottomettersi senza prima lottare. Aveva lottato per quasi un anno cercando di fuggire dallo Sciame. Era forte, più forte di me, e si rifiutava di morire. Si rifiutava anche di rinunciare alla speranza di rivedere Gabriela.

"NO!"

Io – noi – la mia bestia caricò Wulf, ma Braun mi bloccò afferrandomi per il collo. Immediatamente, gli altri mi furono addosso, bloccandomi. Ma senza farmi del male. Il mostro contaminato nel quale ero stato trasformato poteva provare ad affrontarli ma, in qualche modo, sapevo che non volevo fare loro del male.

Eppure questa cosa era inaccettabile. Avevo bisogno del dolore. Avevo bisogno di sfogarmi.

"Lottate!" urlai dimenandomi con tutta la forza che avevo in corpo, ma anche gli altri erano contaminati ed erano ben più forti di un normale Atlan. Nel corpo e nella mente. Mi tennero bloccato mentre cercavo di liberarmi, e i miei ruggiti si trasformarono in urla.

"Jorik, li hai quasi uccisi quei due Prillon" disse Wulf ringhiando. "Ma io sono testardo tanto quanto te. So che sei arrabbiato per la tua donna, ma non ti lascerò morire. Non dopo aver provato ogni cazzo di soluzione a nostra disposizione." Wulf si accovacciò di fianco a me mentre gli altri mi tenevano bloccato. La mia rabbia si era tramutata in lacrime. Continuavo a lottare cercando di liberarmi.

Così da poter ferire. Così da poter uccidere.

Così da poter morire.

"No" dissi bruscamente.

"Verrai con noi" proseguì Wulf. "Metterai il culo sulla sedia e ti sottoporrai al test del Programma Spose, verrai abbinato a una donna degna di te. Mi hai sentito, Atlan? È un ordine."

Digrignai i denti e per l'ultima volta provai a liberarmi dai quattro Atlan che mi bloccavano. Riuscii solo a strusciare contro le rocce intorno all'arena e a procurarmi dei grossi graffi sulla schiena. Persino l'odore del mio stesso sangue non bastò a calmarmi, ma la bestia non voleva lottare contro i propri amici, contro i guerrieri che avevano sofferto insieme a noi per mano del nemico. La mia bestia si ritirò, lasciandomi a fronteggiare Wulf da solo. Un uomo. Un uomo debole.

"Mandatemi in prigione e facciamola finita, Wulf" dissi. "È troppo tardi."

"Io non ci rinuncio a te, e soprattutto non ti mando in un posto del genere" rispose lui. "Non per colpa di una donna che non era nemmeno la tua compagna."

"Lei è mia" risposi bruscamente.

"No, non lo è. Gabriela ti credeva morto, Jorik. Abbiamo passato quasi un anno in quell'inferno. Adesso ha un altro compagno. È felice. Protetta. C'è qualcuno che si prende cura di lei. Desideri distruggere la sua vita felice? Spezzarle il cuore? Ferirla?"

"Mai."

Wulf si alzò, la luce della stella gli brillava sui capelli accomunandolo a una qualche specie di essere celestiale. "Portatelo a farlo testare. Assicuratevi che si sottoponga a tutti i test necessari. Non lasciatelo da solo fino a quando il dottore non vi dice che ha fatto tutto quello che doveva fare."

Gli altri Atlan mi misero in piedi e mi sentii come un bambino. Ero circondato, guidato. Impossibile sottrarsi al destino. Ma non mi importava. Non mi importava più di nulla. Ma Wulf aveva ragione. Gabriela aveva continuato a vivere la propria vita. Ormai non era più mia. Il fato si era comportato da stronzo e me l'aveva portata via. E ora era troppo tardi.

Non le avrei mai fatto del male. Non le avrei mai chiesto di scegliere tra me e un altro uomo meritevole, un uomo che l'amava. Un uomo che era al suo fianco quando io non avevo potuto.

Sconfitto, sputai un po' di sangue e uscimmo dall'arena per dirigerci verso la stazione medica.

E così sia.

Sentii una grossa mano sulla spalla.

Braun.

"Sopravviverai, fratello" disse come se questa fosse un'altra dolorosa sessione di torture dello Sciame.

Non risposi. Non mi importava più di nulla. Sulla Colonia c'erano diverse migliaia di guerrieri. Anche se erano stati in molti a sottoporsi ai test del Programma Spose, solo in pochi erano stati abbinati. C'erano pochissime probabilità che una donna venisse abbinata a me, soprattutto dal momento che sia io che la mia bestia sapevano che Gabriela era l'unica donna per me. Ma collaborando avrei accontentato Wulf e il governatore. Perché, nonostante le esigenze del mio cuore infranto, ero troppo testardo per morire.

7

G abriela, Terra

Avrei dovuto dormire. Dio, mi sembrava di avere le palpebre ricoperte di sabbia. Jori ronfava nel seggiolone che avevo poggiato davanti alla porta di casa, e avevo più o meno un'ora prima che si svegliasse per mangiare. Anche se non rispettava sempre un programma ben definito. Guardai il cuscino. Potevo gettarmi su quei morbidi cuscinoni e chiudere gli occhi. Oh, quanto sarebbe stato bello. Ma prima dovevo mettere la spesa a posto nel frigo o sarebbe andata male, poi dovevo farmi una doccia, e forse un carico di lavatrice. I pantaloni della tuta che avevo indosso erano l'ultimo paio pulito che avevo, e con ogni probabilità non sarebbero sopravvissuti a questa giornata.

I bambini – quantomeno il mio, di bambino – erano dei veri pasticcioni.

Dei pasticcioni bellissimi e miracolosi.

Afferrai le due borse della spesa e le portai in cucina per sistemare le uova in frigo. L'incisione mi diede una fitta. Non avrei dovuto trasportare il seggiolone e le buste della spesa dalla macchina, ma non avevo altra scelta. Non potevo lasciare Jori da solo, né in macchina né in casa, mentre spostavo la spesa. E ora mi serviva un altro antidolorifico. Non avrei dovuto guidare, ma dovevamo pur mangiare.

Mi girai e mi vidi riflessa nello sportelletto del forno a microonde. Sarebbe stato meglio se non lo avessi fatto.

Avevo i capelli raccolti alla bell'e meglio e non mi ero truccata. La mia canottiera non faceva nulla per nascondere le nuove curve del mio corpo... e sì che ce n'erano in abbondanza. Le modelle del paginone centrale di Playboy non potevano competere con le mie tettone da neomamma. Da quando ero tornata dall'ospedale ero uscita pochissimo, e le poche volte in cui ero uscita di certo non mi ero abbigliata. Riuscivo a malapena a vestirci entrambi prima che Jori si facesse la cacca addosso e avesse bisogno di essere cambiato dalla testa ai piedi. Come faceva qualcosa di così piccolo a fare così tanta cacca?

E poi c'era il taglio, le bende, il sanguinamento costante.

Ahia. Non avevo idea che fare un figlio sarebbe stato un tale... casino.

Sentii un lieve sbuffo venire dall'altra stanza. Diedi un'occhiata a mio figlio.

Oh, se ne era valsa la pena.

Già lo amavo. Lo amavo tantissimo. Tirò su con il naso e strinse i pugnetti senza svegliarsi. Con indosso il suo body blu con su scritto "Mama's Boy", i suoi rotoli di ciccia erano tutti belli in vista. Le cosciotte e le fossette sui gomiti – era perfetto. Dalla testa ai piedi. Ed era grosso. Aveva otto giorni ed era stupefacente. Era passato tutto in un lampo – e, allo stesso tempo, con una lentezza incredibile.

Non avevo nessuno ad aiutarmi, solo qualche amica, ma tutte erano impegnate o con le loro, di famiglie, o con il lavoro. Non dormivo; non mi ricordavo quand'era l'ultima volta che mi ero fatta la doccia e quando mi fossi lavata i capelli con lo sciampo. Tutti i libri che avevo letto mi avevano detto che tutto questo era perfettamente normale, che io ero normale, ma tra qualche settimana sarei dovuta tornare al lavoro. Avrei dovuto farmi una doccia. Indossare vestiti puliti. Dormire per più di ore per volta. Essere in grado di stare in piedi senza contorcermi per il dolore provocato dal lungo taglio che mi avevano fatto sulla pancia per estrarre quest'enorme bambino da dentro il mio corpo. Essere in grado di pensare – Dio, che fine aveva fatto il mio cervello?

Jori stese le gambe e gemette. Il piccolo uomo aveva dei polmoni fenomenali. Guardai l'orologio del forno e pensai che era troppo presto perché avesse di nuovo fame, ma non ero di certo io a decidere. Se aveva fame, me lo avrebbe fatto sapere.

Slacciai la cintura del seggiolone e lo tirai su, stringendolo a me e baciandogli la testa morbida. Il suo pugnetto andò a sbattermi contro la guancia e mi misi a ridere.

"Va bene, facciamo uno spuntino" gli dissi poggiandolo con cautela sul divano nell'angolo. Mi sollevai la canottiera, aprii il reggiseno e me lo sistemai in braccio. Sapeva cosa stava succedendo e subito cominciò a succhiare. Che furbetto.

"Sei proprio come tuo padre" gli dissi sentendo un'esplosione di emozioni dentro di me. "Ti piacciono le tette." Ridacchiai, non perché ciò che avessi detto fosse divertente, ma perché per tre quarti stavo delirando, mi mancava Jorik e non facevo che piangerlo ogni volta che guardavo gli occhi e i capelli di Jori, il tutto mentre cercavo di scacciare il terrificante pensiero che mi ricordava che ora ero responsabile di un'altra vita. Adesso ero una madre.

E tutto quello che potevo fare era di onorare e ricordare il mio unico amore. Era per questo che avevo dato il suo nome a nostro figlio.

Cominciai a piangere e sentii Jori emettere un dolce suono. Mi strinse il dito nel pugnetto e continuò a succhiare. Mio figlio. Il figlio di Jorik. Lo amavo così tanto... così tanto che mi doleva il cuore. Era un momento agrodolce, e solitario, e non ero sicura che sarei riuscita a sopravvivere da sola.

Ma questo bellissimo bambino era completamente ignaro delle mie emozioni contrastanti. Non rispose, si limitò a succhiare come se non avesse finito di mangiare appena due ore fa. Mi facevano male i capezzoli, e mi sentivo indolenzita dalla testa ai piedi come se mi avesse investito un camion – non come se avessi partorito un neonato – e la ferita del taglio cesareo di certo non mi aiutava a tenerlo in braccio.

Ed era perfetto.

Mi rilassai e chiusi gli occhi. Sospirai e lasciai che i miei pensieri divagassero come al solito. Verso Jorik. Il modo in cui mi aveva guardata, tanto curioso quanto confuso. Mi ricordavo tutto di lui. I suoi capelli scuri, le sue forti mani. Il suo torace muscoloso. Il suo cazzo enorme. Le sue gambe. Avevo avuto nove mesi per godermi tutti quei ricordi. Ancora e ancora.

E i ricordi erano tutto ciò avevo di lui. A parte Jori, che proteggevo ferocemente. Non avevo detto alla custode Egara che ero incinta, non avevo informato nessuno della mia connessione con Jorik. All'inizio, era come se, mentendo, stessi disonorando la memoria di Jorik. Avevo detto ai dottori che Jori era stato concepito durante un incontro amoroso con uno sconosciuto che avevo incontrato su uno di quei siti di incontri. Ma presto avevo capito che non avrei semplicemente partorito il figlio di Jorik, ma che avrei partorito un bambino Atlan. Un alieno.

Sulla Terra non ce n'erano, di bambini alieni. A malapena c'erano degli alieni adulti, e quei pochi che c'erano se ne stavano confinati e sorvegliati. Così come era successo a Jorik. Mandato a combattere contro lo Sciame alla prima indiscrezione. Va bene, decapitare un uomo non era una cosa da poco, ma lo aveva fatto per proteggermi.

Dio, chissà cosa gli sarebbe successo se non fosse stato per me. Non avrebbe ucciso quel tizio – non che mi stessi lamentando – e non lo avrebbero bandito dalla Terra. Non lo avrebbero spedito a combattere contro lo Sciame. E non sarebbe stato catturato.

Se, se, se... Ma se non lo avessi conosciuto io ora non avrei avuto Jori, e questa era una cosa che non riuscivo nemmeno a immaginare. Non mi pentivo di niente. Ed era per questo che ora ero così cauta con mio figlio. Non sembrava un Atlan, a parte il fatto che era così grosso. Era veramente grosso per essere un bambino, ma, a parte ciò, niente avrebbe potuto far pensare che era un alieno.

Avevo detto al dottore che suo padre era un giocatore professionista di football. Gli umani più grossi a cui fossi riuscita a pensare. Lui mi aveva creduto e aveva persino fatto un commento riguardo al mio "piccolo quarterback" in sala parto dopo che lo aveva tirato fuori dal mio corpo e me lo aveva fatto vedere. La bugia funzionava. Almeno per ora. Dovevo solo sperare di non essere scoperta. Mi avevano già portato via Jorik, e chissà se avrebbero fatto lo stesso con Jori.

Non avrei mai permesso una cosa del genere. Chiunque avesse provato a portarmi via mio figlio avrebbe scoperto che gli Atlan non erano gli unici ad avere una bestia dentro di loro.

Jorik mi aveva protetta, e io l'avrei onorato crescendo suo figlio affinché fosse come lui: amorevole, protettivo, onorevole.

"Siamo tu e io, piccolo" mormorai mettendomelo in spalla per fargli fare il ruttino. Non gli ci volle molto, e poi lo feci attaccare all'altro seno. Per fortuna avevo fatto presto a imparare a prendermi cura di lui.

Mi mancava Jorik, volevo averlo al mio fianco, ma ormai avevo accettato il fatto che non sarebbe tornato. Per mesi avevo sperato con tutta me stessa di vederlo di nuovo, ma ormai anche quella speranza stava lentamente svanendo. Era stata dura mentre ero incinta, quando avevo dovuto partorire senza di lui. Desideravo tanto poter condividere quell'esperienza con lui, e anche ora, mentre guardavo Jori che cresceva di giorno in giorno.

Poi, senza accorgermene, mi addormentai, e fui svegliata da qualcuno che bussava alla porta. Jori era ancora attaccato alla tetta, ma aveva smesso di mangiare. Anche lui si era addormentato.

Sbattei le palpebre e qualcuno bussò di nuovo. Dio, ero con le tette al vento!

"Un minuto" dissi poggiando Jori sul divano di fianco a me per darmi una sistemata.

Lo sollevai, gli diedi una leggera pacca sul culetto e andai a rispondere alla porta.

Davanti a me trovai due uomini in uniforme identiche a quella che indossava Jorik. Mi balzò il cuore in gola.

"Sì?"

"Gabriela Silva?" mi chiese l'uomo alla sinistra, e poi guardò Jorik.

"Sì" dissi di nuovo, questa volta con cautela.

"Signora, è richiesta la sua presenza presso il Centro Elaborazione della Flotta della Coalizione."

Avevo come la sensazione che eravamo nei guai. Non mi sentivo in pericolo come quando quel rapinatore era entrato nel negozio di gelati. Mi sentivo come... come... Dio, non ne avevo idea.

"Avete trovato Jorik?" chiesi guardandomi intorno per vedere se per caso si trovava dietro di loro. Come se non li avesse stesi per raggiungermi. O almeno questo era quello che mi piaceva immaginare.

L'uomo sulla destra si accigliò. "Non conosciamo quest'uomo. La prego, venga con noi."

"Devo lasciare il bambino dalla signora Taylor."

Scosse il capo all'unisono. "Signora, non è possibile. Si richiede la presenza di entrambi."

Oh, Dio, avevo ragione. Avevano saputo di Jori e me lo avrebbero portato via. Lo avrebbero spedito in adozione su Atlan.

Mai. Non glielo avrei mai permesso.

"No" dissi. "Se vi avvicinate a mio figlio vi stacco la testa dal collo."

"Signora" disse uno di loro, ma non prestai attenzione a chi dei due stava parlando. Sollevarono le mani di fronte a loro. "Può tenere lei il bambino."

Feci un passo indietro e provai a chiudere la porta, ma uno la bloccò col piede.

"Signora."

"Smettila di chiamarmi signora!" gridai. Jori si spaventò e cominciò a piangere. E così anche io. "Non potete portarmi via mio figlio!"

Sentii delle voci e mi appoggiai alla porta, provando a tenerli fuori da casa mia, ma al di sopra delle grida di Jori e del cuore che mi batteva nelle orecchie, riuscivo a malapena a sentirli. Il piede rimase tra la porta e lo stipite, ma nessuno mi stava spingendo via. Erano più grossi di me – non tanto quanto un Atlan – e avrebbero potuto facilmente sopraffarmi. "Sì. È turbata. Sì. No, non voglio fare una scenata. Sì. Aspetteremo."

Mi girai e mi appoggiai alla porta provando a chiuderla e dando delle pacche sulla schiena di Jori, cercando di zittirlo. Inalai il suo dolce profumo di bambino e me lo strinsi al petto. Non gli avrei mai permesso di portarlo via da me.

"Gabriela."

Sentii il mio nome, la voce di una donna.

"Gabriela, sono la custode Egara dal Centro Elaborazione Spose Interstellari. Ci siamo viste diversi mesi fa. Mi scuso se le guardie che ho inviato ti hanno spaventata. Stavano soltanto eseguendo i miei ordini."

Non mi mossi, non feci nulla. Mi limitai a cullare Jori e a starmene appoggiata contro la porta.

"Puoi restituire il piede al capitano?" mi chiese la custode.

"Non vi permetterò di portarmi via il mio bambino!" gridai.

"Ma certo che no" rispose lei. "Io le famiglie le unisco, non le distruggo. E *mai e poi mai* porterei via un bambino dalle cure amorevoli di sua madre."

"Come faccio a sapere che non mi state ingannando?" Quel *mai e poi mai* suonava come se la custode si fosse offesa per quello che avevo detto. Eppure, qui si trattava di *mio* figlio. Non ero disposta a correre rischi.

"Perché anche se è un Atlan, è anche un umano, e ha bisogno di sua madre."

Mi sentii il cuore in gola. Lo sapeva. Porca puttana. *Lo sapeva.*

Mi allontanai dalla porta che si aprì lentamente. La custode Egara entrò e si chiuse la porta alle spalle lasciando le guardie fuori dal mio appartamento.

"È bellissimo" disse lei sorridendo a Jori che si era già riaddormentato. Era adorabile. "Come si chiama?"

"Jori, ma suppongo che tu lo sappia già."

Aveva lo stesso identico aspetto di quanto l'avevo incontrata la prima volta. Lo chignon, l'uniforme linda e pinta.

"Non capita spesso che nascano bambini di sei chili e mezzo" disse lei.

Jori era grosso, così grosso avevano sbagliato a calcolare la data del parto. Era impossibile per me farlo nascere in modo naturale, e quindi mi era stato raccomandato di farmi fare un taglio cesareo una settimana prima della data che avevano calcolato loro, e io ero stata ben contenta di accettare. Poi, quando era nato, non era successo niente di degno di nota – a parte la sua stazza.

"Hai letto l'articolo?" Uno stupido infermiere dell'ospedale aveva parlato a sua moglie di mio figlio, moglie che lavorava come giornalista per una TV locale. Una cosa tira l'altra e, in men che non si dica, c'erano dei reporter ad aspettarmi davanti all'ospedale quando ero uscita, con i piedi di Jori che penzolavano dal seggiolone. Non era semplicemente grosso, era lungo. Non avevo idea di come avesse fatto a rannicchiarsi dentro il mio corpo.

Sollevai lo sguardo e vidi che la custode Egara mi stava osservando attentamente.

Annuì. "Sì, l'ho letto. Ma solo oggi. Ero in vacanza. Quel giorno tu volevi rintracciare Jorik, e non era semplicemente per ringraziarlo."

La sua non era una domanda. Scossi il capo. "No. Io l'amavo. Volevo fargli sapere che ero incinta. Ma ora non ha più importanza. Ora Jorik è morto.

"Importa eccome, invece." Indicò Jorik che dormiva. "Tuo figlio è per metà Atlan. Non può restare sulla Terra."

Feci un passo indietro. "Non vi permetterò di portarmelo via. L'ho già detto alle guardie, vi faccio a pezzi se lo toccate."

La custode si mise a ridere. "Oh, ne sono convinta. Non lo farei mai. Ma devi lasciare la Terra. Forse ora tuo figlio sembra umano, ma non sarà un normale ragazzo quando crescerà. Non sarà felice, se resta qui."

"E dove dovrei andare?" Il panico minacciò di strozzarmi. Mi girava la testa. Dove potevo andare? Su un pianeta alieno? Su Atlan? E come sarei sopravvissuta? Non conoscevo nessuno in nessun altro stato, per non parlare su un altro pianeta. Non volevo un altro compagno. Avevo un lavoro, un appartamento. Potevo benissimo allevare mio figlio da sola. Qui a casa mia. Sulla Terra.

Il suo largo sorriso non fece altro che confondermi ulteriormente. "Non mi capita spesso di poter fare una cosa del genere. Ecco perché ho voluto dirtelo di persona."

"Di fare cosa?"

"Ho buone notizie per te. Jorik è riuscito a fuggire dalla

sua prigionia. È vivo, sta bene, ed è stato trasferito sulla Colonia."

Le sue parole mi fecero finire il cuore in gola. "Cos... cosa?"

Aveva un sorriso adorabile. Pensai che le gambe avrebbero potuto cedermi, così mi misi a sedere. "Jorik è vivo?"

"Sì, e dal momento che tu hai un figlio Atlan, suo figlio, posso spedirti da lui senza dover sbrigare la solita burocrazia. Le leggi della Terra non permettono agli alieni di vivere in mezzo alla popolazione. Le leggi della Coalizione affermano che le famiglie devono restare unite. Di conseguenza, tu e tuo figlio andrete a vivere con Jorik sulla Colonia."

Mi leccai le labbra. Sbattei le palpebre. Com'era possibile? Era vero? I miei desideri – di stare con Jorik, che lui fosse ancora vivo – si erano avverati?

"È questo quello che vuoi, no?"

Com'era questa Colonia? E che significava, poi?

Aveva importanza?

No. Non ce l'aveva. Io qui non avevo nessuno, nessuno oltre a Jori. E lui aveva bisogno di suo padre.

Io avevo bisogno di suo padre.

Annuii. "Sì, è la cosa che desidero di più al mondo. Quando?"

"Devo prepararti, devo darti una NP, ma... dobbiamo farlo ora, Gabriela. Oggi."

8

Jorik, stanza di trasporto n. 4, la Colonia

NON RIUSCIVO A CREDERCI. E non ci avrei creduto fino a quando non l'avrei rivista. Gabriela stava per arrivare sulla Colonia.

Ero in piedi vicino alla piattaforma di trasporto, le mani lungo i fianchi, i pugni chiusi. C'eravamo io, il tecnico del trasporto e il governatore Rone, e stavamo osservando... il nulla. La piattaforma era vuota. Aspettammo. E aspettammo. C'era silenzio.

Erano ormai non so più quanti giorni, settimane, mesi che aspettavo di rivedere Gabriela. Avevo passato tutto questo tempo a sognarla, avevo rivissuto ogni istante che avevamo vissuto insieme, ogni sguardo, ogni tocco... e resistere era stato quasi impossibile. Non volevo più strappare la testa a nessuno, ma la mia bestia stava impazzendo a causa dell'impazienza. Mi girai verso il tecnico del trasporto.

"Dove cazzo è?"

Il tecnico mi guardò sgranando gli occhi. Anche lui, come chiunque altro su questo pianeta, era stato integrato ed era sopravvissuto all'inferno. Non sarebbe di certo bastato lo scatto di un Atlan a spaventarlo.

"Perché non fai qualcosa?"

"Perché non c'è niente che io possa fare" rispose con calma. "Il trasporto è stato organizzato e avviato dalla Terra."

Mi girai di nuovo verso la piattaforma e osservai il pavimento di metallo dove sarebbe apparsa Gabriela.

"Calmati, Jorik. Sta arrivando."

Guardai il governatore e strinsi gli occhi. "Non puoi saperlo."

Annuendo, mi disse: "Sì che posso. Ho parlato personalmente con la custode Egara."

Io non sapevo chi cazzo fosse questa custode Egara, e non sapevo se potevo fidarmi di lei. Il governatore si mise a braccia conserte e fissò la piattaforma di trasporto. Era ovvio che lui la riteneva affidabile.

"Ho parlato con qualcuno della Terra e mi è stato detto che Gabriela si è sposata con un uomo della Terra, che ha scelto un nuovo compagno" gli dissi, anche se lui questo lo sapeva già.

"Si è trattato sicuramente di un errore, Jorik."

La mia bestia era impaziente, e si arrabbiava sempre di più mentre pensavo agli ultimi giorni, al tormento e al dolore. "Sei stato *tu* a costringermi a farmi testare per una nuova sposa."

Il governatore fece spallucce, per niente preoccupato di

essersi sbagliato. "Beh, non sei stato abbinato a nessuna dona. Ed *eri* a tanto così dall'uccidere i miei guerrieri in quell'arena."

Mi accigliai, non serviva che me lo ricordasse. Avevo domato la mia bestia, mi ero costretto a calmarmi. Gabriela stava arrivando. Da me. Era mia. "Quindi Gabriela non ha scelto un altro compagno?"

"No. La custode Egara dice che probabilmente hanno cercato la donna sbagliata. Un errore, tutto qui."

Un *errore* che per poco non mi ha fatto impazzire. Un errore che per poco non è costato la vita a due bravi guerrieri.

Le vibrazioni sotto ai miei piedi mi fecero ritornare alla realtà. Adesso che il trasporto era cominciato, non avevo più il minimo interesse a parlare con il governatore. Concentrai lo sguardo sulla piattaforma. Mi si rizzarono tutti i peli del corpo e sentii il familiare sfrigolio del trasporto.

"In arrivo," disse il tecnico, più per seguire il protocollo e avvertire tutti i presenti di stare lontani dalla piattaforma che per affermare l'ovvio.

In un battito di ciglia, eccola lì, distesa sulla schiena, addormentata. Corsi sulla piattaforma e mi inginocchiai di fianco a lei.

Guardai il governatore e poi di nuovo la mia compagna.

Eccola qui. Ma non era da sola. Al petto stringeva un bambino.

Mi ritrovai incapace di elaborare così tante cose tutti insieme. Era lei, con gli stessi capelli scuri, la bellissima faccia che mi ricordavo tanto chiaramente, ma non aveva un bell'aspetto. La sua pelle era pallida, aveva le borse sotto all'occhio. Sembrava esausta. Indossava dei pantaloni soffici e una maglietta piuttosto larga, ma i suoi seni erano ancora più grandi di quanto non me li ricordassi, e così anche il suo stomaco arrotondato.

Era così morbida. Non vedevo l'ora di esplorare ogni singolo cambiamento a cui era stato sottoposto il suo corpo. Di impararla di nuovo. Di venerarla.

Ma... *c'era un bambino.*

Anche il bambino stava dormendo. Era piccolissimo. Appena nato. Non riuscivo a capire se fosse un maschio o una femmina. Era avvolto in una coperta bianca. Ma i suoi capelli erano scuri come quelli di Gabriela. Neri.

Il piccolino sbatté le palpebre e vidi i suoi occhi scuri che mi fissavano.

La sua pelle era più scura di quella di Gabriela.

Era scura come la mia.

"Ha un figlio" mormorai. Un figlio. Un infante. Come? Perché? Cosa...? Chi era il padre? Si era sposata, dunque? Aveva scelto un nuovo compagno? Cosa? Chi l'aveva toccata? Era ancora mia? Amava un altro uomo?

Non riuscii a pensare. La mia mente era nel caso. Vederla di nuovo aveva provocato in me una tempesta di emozioni impossibile da controllare.

"Sì. Jorik, la custode Egara mi ha detto che hai un figlio."

Smisi di respirare. E così anche la mia bestia.

Mio? Questo piccolino era mio? Mentre io ero prigioniero dello Sciame, mentre venivo torturato, la mia compagna aveva affrontato una gravidanza tutta da sola? Su quel pianeta primitivo? Con quei selvaggi per dottori?

Avevo un figlio! La mia bestia ululò.

"E quando pensavi di dirmelo?" ringhiai. Ma mi tremavano le mani. Sollevai la mia compagna e mio figlio tra le braccia e guardai il governatore in cagnesco.

"E perdermi la faccia che stai facendo adesso?" disse sogghignando e dandomi una pacca sulla schiena.

Il governatore fece per afferrare il bambino e la mia bestia ringhiò. Subito ritrasse le mani. "Calmati, Jorik. Non auguro che il meglio alla tua famiglia. Voglio solo tenere in braccio il bambino, mentre tu controlli la tua compagna."

Buona idea – dopotutto, anche lui aveva dei figli. Annuii accettando il suo aiuto. Non c'era dubbio che la mia compagna avesse bisogno di aiuto. Sembrava avesse sofferto. Sembrava fosse debole. Esausta. Svuotata. Aveva viaggiato attraverso la galassia mentre si stava riprendendo dal parto. Io ero un Atlan. Lei era piccola. Umana.

Ed era bellissima. Forte. Non avevo mai visto niente di più perfetto in vita mia.

Con fare gentile, il governatore prese il piccolo in braccio e se lo strinse al petto. Non si mosse, nemmeno di un passo. Probabilmente sapeva che la mia bestia l'avrebbe attaccato, se lo avesse fatto. Non sapevo chi guardare, chi proteggere. La mia bestia sentiva che entrambe queste creature erano nostre.

Ora che il bambino era in buone mani, potei finalmente studiare Gabriela. "Che cazzo le è successo?"

Ero stato io quello che era stato catturato dallo Sciame. Che aveva sofferto le pene dell'inferno. I suoi capelli, di solito lisci e lucidi, ora erano legati in quello che gli umani chiamavano uno "chignon". L'avevo vista legarsi i capelli a questo modo mentre lavorava nel negozio di gelati, ma ora erano crespi, disordinati, e non brillavano più. Al suo viso mancava il solito colorito, e i suoi occhi erano circondati da dei cerchi scuri. Indossava una maglietta uguale a quella che portava quando lavorava al negozio di gelati, ma questa qui era troppo larga, sgualcita e macchiata. Aveva i pantaloni larghi e logori. Aveva uno strano odore, un misto dell'odore di mio figlio e del dolce profumo femminile di cui mi ricordavo. Ma c'era dell'altro. Qualcosa di strano. Della plastica. Un sapone stranamente dolciastro, latte acido. Il primo proveniva dal bambino, il secondo dalla grossa macchia sulla maglietta che indossava Gabriela.

"A giudicare dal bambino, dev'essere nato da circa due settimane," disse il governatore.

Continuai a guardare la mia compagna per un altro po', poi la strinsi a me e me la misi cautamente in grembo. Era più pesante di quanto non ricordassi, le sue curve erano ancora più floride.

Ora era qui, tra le mie braccia, e nessuno – *nessuno* – ci avrebbe mai separati. La mia bestia ululò di gioia.

"Jorik. Sei sopraffatto."

Guardai il governatore. Era in piedi sugli scalini della piattaforma. Io mi ero seduto per terra.

"Non lo saresti anche tu?" risposi.

Lui sogghignò. "Certo. Congratulazioni."

"Perché dormono?" chiesi alzandomi. "C'è qualcosa che non va. Guarda Gabriela. Avrebbe dovuto svegliarsi a quest'ora. È malata. Devo portarla immediatamente nell'unità medica."

Volevo afferrare il piccolo e stringerlo a me e proteggerlo.

Il governatore percepì il mio conflitto interiore e disse: "Resterò con te, te lo prometto. Non ti separerò da tuo figlio, ma non puoi prenderti cura della tua compagna e tenere in braccio tuo figlio allo stesso tempo."

Sapevo che aveva ragione. Apprezzavo la sua calma efficienza e la sua mente funzionante. A me mancavano entrambi.

Qualche minuto dopo, deposi Gabriela sul lettino per farla esaminare e un dottore Prillon cominciò a ondeggiare la bacchetta sopra di lei per scansionare il suo corpo. Guardai il governatore, assicurandomi che fosse vicino a me, lontano dall'entrata dell'unità. Non gli avrei permesso di andarsene.

Il dottore capì che non mi sarei mosso di lì ed esaminò Gabriela girandomi intorno.

Mentre lo fece, Gabriela si mosse, sbatté le palpebre e infine aprì gli occhi. In un istante, mi sporsi su di lei. Mi guardò negli occhi. Le sorrisi e le accarezzai la guancia. Dio, quanto avevo desiderato di vivere questo momento. Lei era qui, sveglia, ed era mia.

"Compagna," dissi sottovoce.

"Jorik," mi sussurrò lei, guardandomi incredula. Aveva gli occhi pieni di lacrime. "Jorik!" gridò, sebbene fossi lì, a pochi centimetri da lei. Poi cominciò a singhiozzare. Mi gettò le braccia al collo e mi strinse forte, come se temesse che potessi andare chissà dove. Pianse, e il rumore del suo pianto era difficilissimo da sopportare. "Sei vero? Non mi lasciare."

Mai.

"Shh," le dissi, provando a farla calmare. Le accarezzai i capelli. "Sono qui, e va tutto bene."

Tremava e piangeva. Guardai il dottore, che non sembrava minimamente preoccupato. Si limitava ad aspettare, paziente.

Finalmente Gabriela si asciugò gli occhi, singhiozzò e mi lasciò andare. Mi accarezzò la guancia e mi guardò con quei suoi bellissimi occhi lucenti.

Non potevo più aspettare. Abbassai la testa e la baciai. Le sue labbra erano morbide e familiari. Ci mancò poco che non piansi per la gioia. Il mio cazzo si eresse desideroso. Il mio cuore... traboccava di felicità.

Lei provò a mettersi seduta con uno scatto e per poco non mi diede una testata. Poi crollò di nuovo sul tavolo, contorcendosi per il dolore. "Oh mio Dio. Jori! Dov'è Jori?" gridò.

Mi accorsi che non stava pronunciando il mio nome. Stava cercando il suo bambino. "Shh" le dissi. "Il piccolo è qui.

Mi mossi per farle vedere il governatore che stringeva a sé il bambino. Jori.

"Sta bene?" chiese Gabriela. "Il trasporto gli ha fatto male?"

Gli. Un maschio. Avevo un *figlio*.

"Sta bene," le dissi deglutendo con forza per provare a controllare le mie emozioni. Non aveva bisogno di un Atlan piangente, ora come ora. "Dorme beato."

Gabriela si rilassò di nuovo e si poggiò una mano sul basso ventre. Sospirò. Ero contento di essere riuscito a farla calmare, ma non mi piacevano le borse che le contornavano gli occhi, il dolore che le deturpava lo sguardo. Una lacrima le colò dall'angolo dell'occhio.

Altre lacrime.

La mia bestia minacciò di esplodere. La mia compagna stava soffrendo.

Guardai il dottore. "Sta ancora piangendo. Che ha che non va?"

"Jorik, la tua compagna soffre di anemia e sbilancio ormonale, e ha dei gravi danni agli organi interni" disse il dottore.

Mi girai di scatto verso il guerriero Prillon. "Cosa? Spiegati!" Sta perdendo sangue? Perché era così pallida?

"Come sai ha partorito da poco. Sembra che i dottori umani abbiano rimosso il bambino chirurgicamente. Gli effetti della gravidanza, combinanti a quelli dell'operazione, le impediscono di rimettersi."

"Perché?" Era ridicolo. Nessuna donna avrebbe dovuto soffrire così tanto per far nascere il proprio figlio.

"La Terra non è un membro a tutti gli effetti della Coalizione. Non hanno accesso alla tecnologia ReGen. Il suo corpo sta provando a guarire da solo."

"Sto bene, Jorik. Aiutami ad alzarmi" disse Gabriela, il palmo sempre poggiato sullo stomaco.

Le mise la mano attorno alle spalle e la aiutai a mettersi seduta.

"Non sono ferita" disse. "Lo fai sembrare come se fossi andata in guerra. Ho partorito la settimana scorsa. E ho partorito un Atlan," aggiunse con una punta di sarcasmo.

Sorrisi, non ne potei fare a meno. Stava abbastanza bene da fare la spiritosa. Si sarebbe ripresa. Sarebbe stata felice. Me ne sarei preso cura io. "Mio figlio."

"Sì, è tuo. Certo che lo è." Gabriela annuì e io guardai il bambino addormentato. "L'ho persino chiamato come te." La dolcezza della sua voce mi spezzò. Mi misi a sedere di fianco a lei sul lettino e la abbracciai. Lo avevamo fatto noi. Ed era perfetto. Jori sarebbe diventato grande e forte, sarebbe diventato un guerriero valoroso.

Non mi ero mai sentito così prima d'ora. Euforia, gioia, felicità. Estasi pura. Ed ero anche piuttosto soddisfatto nel constatare che il mio seme era abbastanza fertile da riuscire subito ad ingravidare Gabriela. Volevo portarla nel letto più vicino e prenderla di nuovo, riempirla con il mio seme e dimostrarle che insieme eravamo perfetti.

Il dottore passò la bacchetta sul ventre di Gabriela. "Posso vedere?" chiesi. "Rilevo del metallo."

Gabriela mosse la mano e sollevò l'orlo della maglietta e si abbassò i pantaloni.

"Ma che cazzo è?" chiesi io vedendo l'incisione che le attraversava la pancia. La carne ferita era deturpata da dei pezzi di metallo, la soffice pelle che avevo leccato e baciato, mentre mi dirigevo verso la sua fica ora era lacera e arrossata.

"Il taglio del cesareo," disse Gabriela. "Sto bene."

"Bene? Bene? Tu non stai bene. Ma che razza di barbari avete per dottori sulla Terra? Sembra ti abbiano dato una coltellata!"

"In un certo senso. L'unico modo per far uscire un bambino di sei chili dalla mia pancia" rispose Gabriela coprendosi di nuovo.

"Ma non sei ancora guarita, ed è passata una settimana!" Non potevo permettere che la mia compagna restasse così. "Ecco perché sei così debole. Non stai bene, compagna."

"Jorik, non devi sottolineare il mio terribile aspetto" rispose lei distogliendo lo sguardo. "Ho partorito un cocomero. Mi hanno aperta e ricucita, e poi mi hanno spedito a casa affinché mi prendessi cura di lui. Da sola. Sono rimasta molto sorpresa quando l'ho cominciato ad allattare. E ancora non ho smesso di sanguinare, quindi di fare sesso non se ne parla. Non mi ricordo l'ultima volta che mi sono fatta una doccia, per non parlare di quando mi sono lavata i denti o pettinata. Tuo figlio non fa altro che mangiare, e nell'ultima settimana non ho quasi chiuso occhio."

Guardai il dottore. "È normale?"

"Proviene da un pianeta primitivo" rispose il dottore, come se ciò bastasse a spiegare tutto.

Ero stato di stanza sulla Terra per qualche mese e non potevo non essere d'accordo, anche se non avevo mai pensato a come facevano nascere i loro bambini.

"Non ci sono capsule ReGen sulla Terra. Niente protocolli post partum nelle capsule" disse il dottore. "Quelli, credono, sono dei punti. Così li chiamano."

"Sì, e dentro ho dei punti riassorbibili" ci spiegò Gabriela.

"Dentro?" Non potevo permettere che restasse così. Basta. "Dobbiamo subito metterla in una capsula ReGen. Non permetterò che continui a soffrire."

"Ho preso un antidolorifico prima di lasciare la Terra, ma... sì, non è che posso procurarmene degli altri qui."

Il dottore annuì. "Sono d'accordo." Guardò Gabriela con fare gentile. "Quando una donna partorisce su un pianeta della Coalizione, viene messa in una capsula ReGen affinché guarisca. Completamente. Non è per niente doloroso. Anzi, ti permetterà di riposare e di rimetterti in sesto in un battibaleno."

"Come funziona?" chiese Gabriela.

"La capsula ti fa addormentare e ti cura" disse semplicemente il dottore. "Ci sono varie spiegazioni scientifiche di come funzionano, ma tant'è. Niente più dolore. Niente più sanguinamento. Il tuo corpo guarirà completamente."

"Sei serio? Sembra un miracolo. Quanto tempo ci vuole?"

"Dipende da quanto sono gravi le ferite. Per un parto chirurgico come il tuo, forse un'ora. Dopo non avrai più bisogno di quegli antidolorifici. Niente punti. Come ho detto, il tuo corpo guarirà completamente."

"Riesce anche a far sparire i chili che ho preso con la gravidanza?"

Mi accigliai. Chissà perché la mia compagna desiderava rimuovere anche un solo grammo delle sue bellissime curve.

Il dottore ridacchiò. "Temo che la capsula ReGen si limiterà a farti guarire. Non rimuoverà le cellule sane."

"Non farai una cosa del genere, compagna." Le avvolsi la mano attorno alla nuca e le feci inclinare la testa per farmi guardare negli occhi. "Io amo ogni centimetro di te. Non dire mai più una cosa del genere."

"Sono troppo grossa, Jorik." Gli occhi le si riempirono di nuovo di lacrime.

La mia bestia ringhiò. Mi sporsi in avanti e baciai la mia compagna. Gentilmente. Era fragile, adesso. Dolorante. Stanca. E bellissima. Tanto bella che facevo fatica a respirare. Non sopportavo di vederla così. "Sei perfetta."

Gabriela guardò il bimbo che continuava a dormire tra le braccia del governatore. Era rimasto silenzioso per tutto il tempo. "Posso continuare ad allattarlo?"

"Ma certo."

Gabriela sembra indecisa, un'indecisione che comprendevo. Se mi avessero detto di dover andare in una capsula ReGen, nemmeno io avrei voluto farlo. La paura che la mia compagna e il bambino potessero sparire mi avrebbe pietrificato.

"Rimarrò al tuo fianco. Non andrò da nessuna parte" le giurai. "Stringerò il bambino a me per tutto il tempo. Te lo prometto. La mia bestia non permetterà a nessuno di voi due di allontanarvi da me." Infatti, la mia bestia era impaziente di farle indossare i nostri braccialii e sancire la nostra unione in modo ufficiale. Allora Gabriela sarebbe stata mia per sempre. Nessuno avrebbe messo in dubbio la nostra unione. E, poi, volevo che tutti sapessero che lei era mia. Che mi aveva donato un figlio. Che eravamo una famiglia.

Ma avrei dovuto aspettare. Avevo sentito che Gabriela aveva scelto un nuovo compagno, e quindi mi ero rifiutato di portare i miei bracciali qui sulla Colonia. Non credevo potessero servirmi. Potevo richiederne un paio alla macchina S-Gen, ma i migliori artigiani di Atlan confezionavano i bracciali a mano. E io volevo che Gabriela avesse solo il meglio. Il meglio del meglio.

E lei ora era qui, potevo presentare istanza e farmi spedire i bracciali nel giro di un giorno.

Se ciò significava avere dei bracciali tanto belli quanto la donna che li indossava allora potevo aspettare. Una volta che il maschio Atlan indossava i bracciali, non se li toglieva mai. Mai. Farlo avrebbe scatenato una furia omicida nella sua bestia, anche se quando aveva scelto la propria compagna non era stato in preda alla febbre d'accoppiamento.

Guardai la *mia* donna. Non era stata abbinata a me attraverso un computer, ma era mia. Era perfetta per me. Lo sapevo io e lo sapeva la mia bestia.

Eppure, come aveva fatto a sposare un altro? Come aveva fatto ad arrivare qui con mio figlio? Avevo così tante domande da farle, ma avrei dovuto aspettare. Il dolore che stava provando era intollerabile.

Gabriela si mosse e fece una smorfia di dolore. "Dio, sembra che qualcuno mi abbia dato una coltellata. Un antidolorifico mi servirebbe proprio, adesso."

"Non ce n'è bisogno, te lo prometto" la rassicurò il dottore. "Jori starà bene mentre tu vieni guarita. Mi prenderò cura io di lui, ma sei stata tu a fare tutto il lavoro." Il dottore le strinse la mano. "Lo esaminerò e mi assicurerò che stia bene. E poi entrambi potrete andare a riposare, senza preoccupazioni."

Gabriela mi guardò, preoccupata. "Dovrei farlo, Jorik?"

"Entrare nella capsula ReGen?"

Gabriela annuì. Debole, dolorante, lasciò la scelta a me. Sapeva che mi sarei preso cura di lei. Il cuore mi si gonfiò fino a quando il dolore per poco non mi strozzò. Non mi meritavo tanta fiducia, non dopo averla lasciata da sola. Incinta. Non mi meritavo lei, ma non avevo intenzione di rinunciarvi.

"Sì, compagna" mormorai. "Non temere. Quando uscirai, sarai completamente guarita. Niente più dolore."

"Ah, sarebbe bello sentirsi di nuovo normale."

La mia bestia ruggì, e sapevo che lei sentì il rimbombo che mi scosse il petto. "Sì, e poi possiamo pensare a fare una figlia."

Gabriela si mise a ridere e mi diede una pacca accondiscendente sulla guancia. "Jorik, penso che col sesso ho chiuso, e poi non credo che desidererai questo corpo tanto presto."

"Vedrai, compagna" le dissi. Non vedevo l'ora di dimostrarle quanto si sbagliava. Io la volevo già, già avevo il cazzo duro. Ogni sua curva, ogni suo buco erano miei. Miei. "Un'ora e vedrai."

9

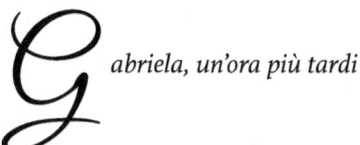*abriela, un'ora più tardi*

QUEL GIORNO ERA la seconda volta che aprivo gli occhi e mi ritrovavo Jorik davanti. Sbattei le palpebre, tanto per essere sicura.

Lui mi sorrise, il suo bel volto completamente concentrato su di me. Guardai i suoi occhi color cioccolato, i capelli scuri, la barbetta che gli ricopriva la mascella. Sembrava forte come non mai. E ancora più perfetto.

"Compagna," sussurrò. "Come ti senti?"

Girai la testa e mi ricordai della sofisticata capsula dentro cui ero distesa. Ero comoda, distesa su un morbido materassino. La parte superiore della capsula, aperta, mi ricordava il vetro ricurvo che ricopre le cabine di pilotaggio dei jet.

Mi mossi e lui mi aiutò ad alzarmi. Non sentivo più le fitte provocatemi dal taglio cesareo, né mi sentivo più stanca.

"Attenta," disse il dottore entrando nella stanza. Dopo aver acconsentito a sottopormi a questo trattamento spaziale, Jorik mi aveva portato in un'altra stanza con alcune capsule come questa. Due avevano il coperchio chiuso, dentro c'erano delle persone – degli alieni. Altre due erano vuote. "I punti che ti hanno messo sulla Terra ora dovrebbero essere caduti e la ferita dovrebbe essersi rimarginata."

Il dottore annuì. Mi tirai giù i pantaloni della tuta e trovai i punti di sutura. Il segno del taglio cesareo era a malapena visibile. Niente cicatrice. Niente dolore. Niente.

"Oh, mio Dio. È sparito." Presi i punti e li guardai, e poi li lasciai cadere in un piattino metallico che mi aveva porto il dottore.

Il bimbo emise un suono buffo e io lo guardai. Se ne stava accoccolato contro il petto di Jorik, ancora avvolto nella soffice coperta che avevo preso dal mio appartamento quando era venuta a trovarmi la custode Egara. Per essere un neonato tanto grosso, sembrava minuscolo tra le braccia di Jorik. Era disteso sull'avambraccio di suo padre, le gambe e le braccia penzoloni, la testa appoggiata comodamente nell'incavo del gomito. Mi guardava con i suoi occhi scuri. Forse sarebbero rimasti per sempre di quel colore.

"Ciao, amore mio," sussurrai sorridendogli. Era troppo piccolo per ricambiare il sorrise, ma si fermò quando riconobbe la mia voce.

"Ce ne siamo stati qui a conoscerci mentre la capsula si dava da fare con te," disse Jorik con voce estremamente calma. Mi ricordavo di come si era scatenato durante la rapina e ora... Dio, era così diverso. Così gentile. Sollevò il braccio e baciò Jori sulla Testa. "Gli ho cambiato il pannolino, anche se non ho proprio capito come funziona quello terrestre."

"Certo che non hai molta stima delle cose della Terra," gli dissi.

"Di tutto tranne te" rispose lui.

"Ho eseguito delle analisi sul piccolo ed è perfetto" disse il dottore sorridendo a Jori. "Qui non accade spesso di vedere dei neonati. Fino ad ora ce ne sono stati giusto una manciata. È un dono per l'intero pianeta." Mi guardò. "Tutti questi guerrieri grandi e forti diventeranno dei pagliacci non appena lo vedranno."

Jorik non disse nulla. Mi guardò e sorrise.

"E per quanto riguarda te" disse il dottore," a parte l'incisione, hai altri dolori causati dal parto? Come va la schiena? I capezzoli indolenziti?"

Guardai il dottore mentre Jorik continuava a prendere tutti i punti di sutura e a farli ricadere nel piattino metallico. Era imbarazzante sentire un enorme guerriero Prillon che mi chiedeva come stavano i miei capezzoli, ma era un dottore, come quello che avevo sulla Terra. E si era rivolto a me in modo tanto professionale che gli risposi senza nemmeno pensarci, sebbene Jorik si fosse bloccato, immobile, sentendo la sua domanda.

"La schiena va meglio. Certo, portare un giro un cocomero bene non le fa. Anche i capezzoli vanno meglio." Mi schiarii la gola, di certo ero diventata rossa come un peperone. Meglio cambiare argomento. "Mi sento... riposata. Come se avessi dormito dodici ore."

"Cos'hanno i tuoi capezzoli che non va?" chiese Jorik guardandomi il petto.

I capezzoli non mi facevano più male – si era screpolati a

furia di allattare Jori. Ora era duri, e il seno mi faceva male per altri motivi.

Arrossii. "Tuo figlio e proprio come te." Quando Jorik si accigliò, gli dissi: "È ossessionato dal mio seno."

Jorik ridacchiò. "Devo controllarli di persona."

Il dottore ignorò il piano di Jorik di controllare i miei capezzoli di persona.

"Tuo figlio comincerà a mangiare ogni ora e sarà difficile dormire, almeno per qualche altro mese, fino a quando non comincerà a seguire un programma un po' più regolare. Ma tu ora devi solo pensare a rimetterti."

"Le altre mamme allattano? Ce l'avete il latte in polvere qui? Una pausa mi farebbe bene, di quando in quando. O..." Guardai Jorik, pensando che mi sarebbe piaciuto passare un po' di tempo da sola con il mio uomo. "Una babysitter?"

Il dottore sorrise. "I bisogni nutritivi dei bambini umani sono stati programmati nelle unità S-Gen. Non devi far altro che farne richiesta, e così anche per qualsiasi altra cosa tu voglia mangiare."

"Accidenti." Quindi, non si deve cucinare? Questo posto già mi piace.

"Vuoi fare subito un altro figlio?" mi chiese il dottore. "Se non è così, ci sono vari concezionali tra cui puoi scegliere."

Spalancai la bocca. Non avevo mai pensato a prendere gli anticoncezionali, ero sempre stata da sola sulla Terra. Ma ora, con Jorik? Ero rimasta incinta la prima – e unica volta – che avevamo fatto l'amore. Forse non sarei potuta rimanere incinta solo otto giorni dopo aver partorito, ma Jorik era virile e io ero più che fertile. Non mi sarei sorpresa se mi avesse ingravidata subito.

Lo guardai, ma lui rimase in silenzio lasciando che fossi io a prendere la decisione.

"Sì, voglio gli anticoncezionali, almeno per un po'."

"Ti farò un'iniezione e sarai protetta per i prossimi sei mesi. Ti ricorderò io di rinnovare il trattamento, e allora potrai decidere cosa fare."

Una volta fatto anche quello, Jorik disse: "Vieni, compagna. Andiamo via di qui, andiamo nei miei alloggi. Ho qualcosa in mente."

Qualcosa a proposito dei miei capezzoli. A me andava più che bene. A differenza di un'ora fa, ora il mio interesse nel sesso si era risvegliato. Sentivo il desiderio, il bisogno, l'attrazione dentro di me. Tranne che non mi facevo una doccia ormai... da una vita, praticamente, e avevo i capelli che erano un disastro.

Jorik mi prese in braccio. "Non schiacciare il bambino!"

Mi rimise già e gli diedi uno schiaffo sulla spalla. "Il bambino sta bene. Mi ritieni così debole da non riuscire a portare la mia compagna e mio figlio allo stesso tempo?"

Mi sentivo meglio. Era come se non avessi partorito solo otto giorni fa. Ma avevo ancora le tette grosse, pesanti e piene di latte. La capsula non mi aveva fatta ritornare a come ero prima della gravidanza, aveva solo rimarginato la ferita provocata dal taglio cesareo.

Mi sporsi in avanti, baciai la testolina soffice di Jori e poi alzai lo sguardo su Jorik. "Ah, sono così felice... mi sento meglio. Dio, mi basta vederti, sapere che sei vivo..."

Gli occhi mi si riempirono di lacrime. Di nuovo. Sembrava la millesima volta che mi mettevo a piangere da quando l'avevo rivisto. Ma ora non ero terrorizzata come quando avevo scoperto di essere incinta e da sola, né erano gli ormoni o la stanchezza. Era... un'agonia. Agrodolce. Travolgente. Guardare Jorik mi faceva male. Toccarlo mi faceva male. Lo avevo pianto, ero convissuta con questo dolore per quasi un anno. E ora?

Ora stava costringendo un cuore morto a battere di nuovo. A *sentire*. Ad *amarlo*. A rischiare di perderlo di nuovo.

Jorik si sporse in avanti e mi sussurrò all'orecchio: "Sei tu che mi hai tenuto in vita durante la prigionia, Gabriela. Non ho fatto altro che pensare a te. Al tuo sorriso, alla tua voce, al tuo corpo. Al modo in cui ti sciogli al mio tocco, come fossi un gelato terrestre. Ai suoni che emetti quando vieni. A come mi sento quando il mio cazzo è dentro di te."

"Jorik" sussurrai a mia volta. Mi girai per vedere se il dottore ci avesse sentiti, ma se n'era già andato.

"Prima hai detto che non vuoi più fare sesso. Lo pensi ancora?" La sua voce mi mandò un brivido lungo la schiena. E non per il freddo.

"Quella capsula fa miracoli" risposi.

Jorik sorrise. "Questa non è una risposta, compagna."

"Voglio fare sesso con te. Presto. Ma prima devo farmi una doccia. Veramente. E Jori vorrà mangiare tra poco."

"Anche io voglio mangiare. Non sono entusiasta di doverti condividere, compagna, ma lo farò. Per lui. Ma io la mia bocca la metterò un po' più in basso."

O. Mio. Dio.

La mia bestia aliena era tornata. E così anche la mia libido. Ed erano insieme.

Tempo di darci dentro.

Jorik

. . .

Volevo portare in braccio Gabriela verso i nostri – cazzo, sì, i *nostri* – alloggi, ma mi limitai a metterle il braccio attorno alle spalle e a stringerla forte a me.

Ero sicuro che la capsula ReGen aveva guarito il suo corpo, ma vedere le ferite, quello che aveva passato per mano dei barbarici dottori della Terra per partorire nostro figlio... volevo ritornare su quel dannato pianeta e strappare qualche altra testa.

Aveva sofferto. L'avevano aperta e avevano lasciato che a guarirla ci pensassero delle pillole per alleviare il dolore. Era stata da sola. Sapere che aveva tenuto Jori in grembo e l'aveva fatto nascere tutto da sola fece vergognare la mia bestia, ma la rese anche feroce come non mai.

Gabriela era qui. Era mia. E sarebbe rimasta qui con me, cazzo, e non avrei mai permesso che soffrisse ancora.

Quando arrivammo davanti alla porta dei miei alloggi, vi trovammo ad attenderci il governatore Rone e la sua compagna, Rachel. "Il dottore mi ha detto che stavate tornando qui" disse il governatore.

Vedendoci, Rachel ci si fece incontro entusiasta, quasi elettrizzata.

"Un'altra terrestre. E un bambino!"

Il suo sorriso era contagioso, e il suo compagno era felice quanto lei.

E così anche io. La mia bestia era fiera di poter mostrare a tutti il bambino che io e Gabriela avevamo fatto.

"Io sono Rachel e mi hanno abbinata a questo qui" disse inclinando la testa verso il governatore che indossava con orgoglio il collare dei Prillon. Lo indossavano entrambi. Due collari dello stesso color bronzo. "Sono stata abbinata anche a Ryston, ma adesso lui sta lavorando."

"Io sono il governatore Rone, ma puoi chiamarmi Maxim. Devo ammetterlo, sono *felicissimo* di averti qui."

Gabriela li guardò entrambi. "Piacere di conoscervi. Scusate se sono così trasandata..."

"Donna, hai partorito da poco più di una settimana. Sono sorpreso che tu riesca a parlare in modo coerente. Inoltre, avrei dovuto vedere Jorik prima del tuo arrivo" disse Rachel. "Dio era un vero e proprio disastro. Non faceva altro che picchiare la gente nell'arena. Beh, tutti tranne Ryston."

La mia bestia ringhiò, Rachel aveva ragione. Ero stato sull'orlo della follia. Avevo rischiato di uccidere qualcuno. "Ryston è forte come un dio, lady Rone. Nessuno su questo pianeta può batterlo nel corpo a corpo."

"Ah, lo so. Quando vi menate siete così sexy." Rachel si appoggiò alla spalla del governatore, gli occhi pieni di desiderio. Conoscevo quello sguardo. Il governatore si ringalluzzì vedendo il desiderio illuminare gli occhi della sua compagna.

Che uomo fortunato. Come me. Ma era giunto il momento di sbarazzarsi dei nostri visitatori.

Guardai Gabriela che sorrideva e si godeva Rachel che mi prendeva in giro. Ero felice di sottostare alle sue battute se ciò serviva a far sorridere la mia compagna. "Non ero un disastro. Semplicemente, avevo bisogno della mia compagna."

"Calma, ragazzo" mi disse Rachel. "E sono certa che anche Gabriela ti trovi sexy." Fece qualcosa di buffo con le sopracciglia, facendole andare su e giù velocemente.

Gabriela si mise a ridere. "Ci sono altre donne della Terra qui?"

Rachel le sorrise. "Sì. Con te siamo otto. Una ha giusto pochi anni."

Il sorriso di Gabriela svanì. "Su tutto il pianeta?"

"Non ne sono sicura. Ma di certo è così sulla Base 3. Non è facile trovare gli estrogeni qui, ma ogni due settimane organizziamo una serata per sole ragazze nei miei alloggi. Sei la benvenuta, se vuoi unirti a noi."

"Grazie."

"Prego. Mentre eri nella capsula, abbiamo recuperato tutto quello che ti serve per il bambino" disse Rachel. "Una culla e qualcos'altro per farti superare i prossimi giorni; ma poi, se ti serve qualcos'altro, non devi far altro che richiederlo all'unità S-Gen."

"Oh, grazie mille, siete stati così gentili" disse Gabriela.

"Se ci scusate" feci io, che di certo non volevo stare qui a parlare di culle. "Dobbiamo recuperare il tempo perso."

"Oh, lo so che significa che non farete altro che fare sesso," disse Rachel. "Possiamo occuparci noi del bambino, se volete."

"No." Gabriela e io pronunciammo quell'unica parola allo stesso tempo, con la stessa inflessibilità.

"Non permetterò che si allontanino da me," dissi al governatore e a lady Rone.

"Siete gentilissimi, ma Jori tra poco avrà fame e io dovrei..."

"Lasciali fare, compagna," disse il governatore con una voce quasi dolce, un tono che di solito riservava alla sola Rachel. "Il bambino è appena nato. Dubito che Gabriela voglia separarsi da lui. Inoltre, deve abituarsi a vivere su un nuovo pianeta. E, per quanto riguarda Jorik, l'hai visto, no? Pensi che permetterà che il bambino venga sottratto alle sue cure?"

Rachel sospirò. "Capisco. Se cambiate idea, sapete dove trovarci. Teneteci in cima alla lista. Sono sicura che ci saranno un sacco di volontari che vorranno spupazzare e coccolare quell'adorabile piccoletto."

"Grazie, lady Rone" dissi provando a essere il più rispetto possibile, anche mentre l'unica cosa che volevo fare era entrare nei nostri alloggi, chiudere a chiave la porta e spegnere tutti i comunicatori almeno per la prossima settimana. Dio, per il prossimo mese. O per il prossimo anno.

Volevo Gabriela tutta per me, e nessuno si sarebbe avvicinato a Jori, e di certo nessuno l'avrebbe preso in braccio. Grazie agli dèi non avevamo avuto una figlia. Il governatore avrebbe dovuto mettermi sottochiave, ne sono sicuro.

Quando la coppia se ne andò, Gabriela mi disse: "Jorik, doccia. Ti prego."

10

Jori dormiva beato sul pavimento del bagno, avvolto in una morbida coperta che fungeva anche da cuscino. Era vicino a me, ma così potevo concentrarmi su Gabriela. L'aiutai a spogliarsi, gettando ogni indumento sul pavimento fino a quando non rimase nuda davanti a me.

"Jorik," sussurrò lei usando le mani per coprirsi.

La afferrai per i polsi e glieli feci muovere così da poterla ammirare. Quando eravamo stati nel suo appartamento, non avevo avuto tempo di ammirare come si deve il suo bellissimo corpo. Eravamo stati tutti e due troppo irrequieti.

Ma ora potevo farlo. Potevo passare il resto della vita ad esplorare e a guardare il suo corpo.

Non vedevo l'ora di assaporarla.

Glielo dissi, e i suoi occhi, da ansiosi, si fecero eccitati.

"Prima la doccia, poi tutto il resto."

Mi ricordai che era arrivata sulla Colonia da pochissimo e che non aveva mai lasciato la Terra prima d'ora. Aprii l'acqua e l'aiutai ad entrare nella doccia. Non ci saremmo entrati tutti e due, e così guardai l'acqua che le illuminava la pelle scura, le bolle di sapone che le scivolavano lungo il corpo. Avrei voluto essere quelle mani. E quando inclinò la testa all'indietro per lavarsi i lunghi capelli neri...

"Sbrigati, compagna" ringhiai. La mia bestia, che ora sapeva che Gabriela sarebbe rimasta con noi, cominciò di nuovo ad aggirarsi furtivamente dentro di me, ansiosa di farla nostra.

L'acqua le scivolò attraverso i capelli come una cascata. Adoravo i suoi capelli, ma ora sembravano ancora di più, ancora più brillanti. I suoi seni erano più grandi, più pieni, e non riuscii a impedire alla mia bestia di infilare la mano sotto il getto d'acqua per accarezzare l'addome che aveva custodito mio figlio.

Mi ero perso la gravidanza e la nascita di Jori, non ero stato con lei mentre le cresceva il pancione, non ero stato con loro quando Jori era venuto alla luce. Il corpo di Gabriela era una macchina miracolosa. Io ero stato integrato dallo Sciame, ma lo Sciame non sarebbe mai stato in grado di fare ciò che aveva fatto Gabriela.

Il suo era un dono troppo prezioso per poter essere ricambiato. E il bisogno di affondarmi nella morbidezza del suo corpo mi faceva tremare. Volevo sentire il suo corpo caldo che accettava il mio in tutto e per tutto. Il mio corpo era duro, ancora più duro ora che lo Sciame mi aveva nutrito con la loro tecnologia contaminata. I miei muscoli ora non erano più solamente cellule e sangue, ma ospitavano una tecnologia microscopica che mai e poi mai sarei stato in grado di rimuovere.

"Jorik." Gabriela mi strinse la mano nelle sue. "Mi dispiace. Non sono la stessa che..."

La interruppi, non volevo sentirla che si scusava di essere bellissima, di aver portato mio figlio nel suo grembo. "Tu sei un dono, compagna. E sei bellissima. Sei più bella che mai. Ogni curva del tuo corpo, ogni segno sul tuo corpo è prezioso per me. Nemmeno io sono più lo stesso. Ne abbiamo passate tante, mentre eravamo separati. Siamo diversi, ma ci conosciamo."

La tirai fuori dalla doccia e chiusi l'acqua, non mi importava se lei non pensava di aver finito di pulirsi. L'avevo guardata mentre si toccava. Ora, spettava a me toccare il suo corpo. Venerarlo.

Prima, quando eravamo sulla Terra, io avevo avuto bisogno di lei. La mia bestia l'aveva voluta tutta per sé. Ora, con mio figlio che dormiva sul pavimento e sua madre tra le mie braccia, ero completo come non avrei mai creduto di poter essere. Mi aveva dato ben altro oltre all'amore, alla pace. Mi aveva dato qualcosa per cui lottare. Qualcosa per cui vivere.

Aveva preso un uomo che si era perso nelle tenebre e gli aveva donato la speranza. Era stato grazie a lei che ero sopravvissuto, era stata lei a spingermi, a farmi lottare, a farmi sognare mentre lo Sciame mi torturava. Ogni momento di sofferenza era valso la pena, perché mi aveva condotto qui.

Amore era una parola debole per indicare il sentimento che mi riempiva il petto traboccando nel resto del mio corpo. Mi inginocchiai, il dolore era così intenso da impedirmi di restare in piedi. La avvolsi in un asciugamano. Tutti i giorni e tutti i mesi di tortura, tutta la rabbia e tutto il terrore che avevo provato quando ero nelle mani dello Sciame, tutto esplose dentro di me mentre mi inginocchiavo davanti a lei. Un'epurazione. L'agonia mi tormentò le vene, un'agonia mentale e fisica, un'onda di distruzione che avevo trattenuto con la forza della mia volontà. Quella distruzione che era apparsa nell'arena, quando faticavo a tenere a bada la mia bestia – ma ora mi arresi a quell'angoscia e le permisi di investirmi con tutta la sua forza.

Gabriela era una dea ai miei occhi. Mi abbracciò e mi sostenne mentre andavo in frantumi riducendo a un milione di piccoli pezzetti.

Mi misi a piangere – io, che non piangevo mai. Non da quando avevo smesso di aggrapparmi al vestito di mia madre, da bambino. Ma per quanto io avessi bisogno della mia compagna, la mia bestia la desiderava con una forza ancora maggiore.

La trasformazione mi colpì con forza, e non provai ad oppormi. La mia bestia era stata ferita, spezzata, aveva sofferto il peso dell'agonia provocataci dallo Sciame e dai suoi esperimenti. Aveva sopportato tutto. Mi aveva tenuto in vita – e mi aveva impedito di impazzire.

E aveva sofferto.

La consolazione di Gabriela era per lei, non per me, e io lasciai che se la prendesse, lasciai che la nostra compagna ci guarisse, ci rimettesse in sesto mentre crollavamo di fronte all'unica persona in tutto l'universo a cui potevamo concederci in tutto e per tutto, senza paura di essere giudicati.

"Compagna." La mia bestia pronunciò la mia parola e il mio corpo cominciò a farsi più grande. Le strinsi le braccia attorno alla vita, la testa della mia bestia se ne stava accoccolata nella soffice curva del suo collo. E la mia bestia tremò piangendo calde lacrime silenti che colavano sulla soffice pelle della nostra compagna, un fiume che inzuppò l'asciugamano che l'avvolgeva.

Gabriela mi – ci – accarezzò la testa, con dolcezza, come se la mia bestia fosse tenera e preziosa, e non un mostro di cui aver paura. Il suo tocco ci consolò; la sua voce ci calmò. Restammo in ginocchio davanti a lei per quelle che sembrarono ore, le donammo il nostro dolore, affondammo nella sua morbidezza, nel suo profumo, nel suo accettare ogni parte di noi. Ci lasciammo guarire come non avremmo mai pensato di poter essere guariti.

E poi mio figlio richiese le attenzioni di sua madre, agitandosi e poi lanciando un urlo di cui la mia bestia fu fiera. Quella bestia, tuttavia, non era disposta a lasciar andare Gabriela. E non aveva ancora conosciuto il proprio figlio.

Mi girai e presi il piccoletto in braccio. Mi alzai e portai sia lui che sua madre nell'altra stanza. Me li misi sulle ginocchia così da poter guardare mio figlio che mangiava. La mia bestia sfiorò la guancia di Gabriela col naso. "Dagli da mangiare."

"Cosa?" Lei mi guardò, sorpresa, e vidi che anche i suoi occhi si riempivano di lacrime.

"Basta tristezza. Dagli da mangiare. Io ti guardo." La mia bestia stava facendo del suo meglio per essere eloquente, ma voleva vedere suo figlio che veniva allattato al seno di sua madre, voleva stringerli entrambi tra le braccia, voleva proteggerli. Voleva ammirare quel perfetto bambino che aveva contribuito a creare, che era parte di lui. Io ero d'accordo. Anche io volevo guardarli. Era un momento intimo, diverso da tutti gli altri. Non avevo mai vissuto qualcosa di neanche lontanamente paragonabile a questa sensazione di orgoglio e contentezza che provavo ora con la mia compagna e mio figlio tra le braccia. "Mangiare. Io guardo."

Gabriela si asciugò le lacrime e sorrise timidamente. "Okay. Non è così eccitante."

Non ero d'accordo. "Bellissimo."

Fece come le avevo chiesto, e Jori cominciò a succhiare come se ne andasse della sua stessa vita. Forse era proprio così. Allungai il collo, non volevo perdermi niente. I dolci suoni che emetteva Jori, o l'espressione beata della nostra compagna mentre guardava nostro figlio.

Un amore puro, incondizionato.

Quando sollevò lo sguardo per guardare la mia bestia negli occhi, notai lo stesso identico sguardo, e gli istinti protettivi della mia bestia si trasformarono in desiderio, il cazzo mi si fece duro come una roccia sotto il suo culo morbido. "Compagna."

"Jorik." Si appoggiò a me, il bambino attaccato al seno. Il piccolo Jori mi guardò con gli occhi spalancati e confusi, quando lei se lo mise in spalla e gli diede delle leggere pacche sulla schiena. Poi lo fece attaccare all'altro seno per finire di nutrirlo. Non avevo alcuna fretta che questa benedizione finisse, ma già pensavo con ansia a quando Jori si sarebbe addormentato e sua madre sarebbe stata mia.

Tutta mia.

Qualche minuto dopo, avevo il cazzo che mi pulsava, e la mia bestia non aveva nessuna intenzione di lasciarmi riprendere il controllo. Adesso toccava a lei. Voleva scopare la nostra donna, riempirla con il suo cazzo, farla implorare e fremere e gridare. Ora la sua salute non mi preoccupava più. La capsula ReGen aveva fatto il suo dovere. L'incisione era sparita. Tutto il dolore era sparito. E non restava che una compagna in buona salute, eccitata.

La mia bestia voleva metterle i bracciali attorno al polso e reclamarla, ma avremmo dovuto aspettare fino a domani. Avevo ordinato i bracciali da Atlan mentre lei dormiva. Non volevo aspettare, ma alla mia bestia andava bene. Presto sarebbe stata nostra. La nostra compagna. La nostra donna. Nostro figlio.

Gabriela si alzò e si diresse verso la culla nell'altra stanza. La vidi attraverso la porta aperta, mentre si piegava in avanti per mettere Jori a dormire. L'asciugamano che avevo usato per avvolgerla ora le era appeso attorno ai fianchi. A malapena. Ritornò in camera nostra lasciando la porta aperta per sentire Jori.

Aveva il seno nudo, i capezzoli infiammati e inturgiditi. Li volevo. Volevo tutto. La mia bestia era d'accordo con me.

"Mia." Mi spogliai, pronto. Ansioso.

Lei si fermò sulla soglia e mi squadrò da capo a piedi.

"Tu... non hai nessuna integrazione" disse.

Il suo sguardo bastò a farmi venire un'erezione. "Dentro." Un'unica parola. Glielo avrei spiegato in seguito. Ora come ora, la mia bestia aveva altre cose per la mente.

Sembrò soddisfatta della mia risposta, e io non volevo aspettare nemmeno un altro secondo.

La bestia si mosse alla velocità della luce. Sollevò Gabriela e la poggiò contro il muro. L'asciugamano cadde sul pavimento, ora era completamente nuda. Io non avevo i miei bracciali, ma avevo le catene Atlan che ogni bestia amava. Una bestia non scopava mai da distesa, quella posizione la rendeva troppo vulnerabile. Era puro istinto di sopravvivenza. E quindi le nostre donne dovevano adattarsi. Quando c'era la bestia al comando, di certo non era mai tenera.

La bestia divorava. Conquistava. Reclamava.

"Oh mio Dio... ma che...?" La risata nervosa di Gabriela fece rallentare la mia bestia, ma non di troppo. Le bloccò i polsi e le cosce contro il muro, allargandola, la sua fica perfetta in bella mostra per noi. Le catene attorno alla coscia erano imbottite e grandi abbastanza per trattenere una femmina Atlan. Avrebbero supportato il suo esile corpo da umana senza il minimo problema, lasciando così libertà di manovra alla mia bestia. Per esplorarla. Per assaporarla.

"Smetto?" Se lei lo avesse chiesto, la mia bestia si sarebbe fermato, ma speravo con tutto me stesso che lei non glielo chiedesse. La mia bestia era appesa a un filo, il dolore che aveva condiviso con lei poco fa era ora stato rimpiazzato da una fame disperata di piacere.

"Non fermarti" disse lei ansimando. "Non fermarti mai."

Mi misi in ginocchio e presi a succhiarle il clitoride, banchettando su quello che era mio. Lei si dimenò e i suoi fianchi lottarono per chiudersi.

"Oh, Dio. Ancora."

Con un ruggito, ubbidii, aprendo il suo corpo con una mano, scopandola con le dita e dandole piacere con la bocca, divorando quel calore umido che era mio e mio soltanto. Il suo sapore fece ululare la mia bestia per la gioia, e sapevo che non avremmo mai scordato il suo sapore, il suo profumo.

"Mia."

"Sì." Gabriela percepiva che la mia bestia aveva bisogno di sentirle dire quella parola, di sentire che si arrendeva.

Mi ricordai di come aveva goduto e di strillato quell'unica volta in cui eravamo stati insieme sulla Terra, e allora le infilai la punta del dito nel culo.

"Jorik!" gridò lei. Era un atto intimo, ma tra di noi non dovevamo vergognarci di niente. Se lei lo desiderava, io glielo avrei dato. Questa donna era mia, dovevo darle piacere, e la mia bestia avrebbe costretto persino gli dèi a inchinarsi di fronte alla maestria con la quale padroneggiava il corpo della nostra compagna.

Gabriela

Oh mio Dio. Sarei morta di questo passo.

Avevo le gambe spalancata e lui era in ginocchio davanti alla mia fica, la sua bocca mi stava divorando come fossi il suo dessert preferito. Non mi avevano mai legata prima d'ora, nessuno mi aveva mai aperta così, non ero mai stata alla completa mercé di un uomo – di un alieno.

E l'avida stronza dentro di me ne voleva ancora di più. Non potevo muovermi – e ciò mi faceva eccitare. Mi fidavo di Jorik, gli avrei affidato la mia vita, e sapevo che se glielo avessi chiesto si sarebbe fermato. Mi sentivo al sicuro. Amata. E ciò mi faceva andare fuori di testa.

Prima della nascita di Jori ero sempre stata riservata ma, una volta sopravvissuta a quello, parte della mia timidezza era morta. Ma con Jorik, con il mio compagno? I suoi occhi non mentivano. Lui mi voleva. Non solo gli piaceva quello che vedeva, ma *voleva* toccarmi. Baciarmi. Farmi venire. Il suo tocco era autoritario e deliberato, come se sapesse con esattezza quello che voleva.

Me.

Cazzo se era eccitante. Non ero mai stata così fuori controllo prima d'ora, e saperlo mi faceva battere il cuore a mille.

Quella capsula ReGen mi aveva lasciata senza parole. Era riuscita a far sparire l'incisione del cesareo e tutto il malessere causato dal parto. Mi sentivo rinvigorita. Oh, avevo sempre qualche chilo di troppo, ma sembrava che a Jorik non dispiacesse. Dovetti rinunciare a tutte le mie inibizioni per, con lui, non ne avevo. Dovevo abbandonarmi a lui, il che a me andava più che bene.

Non volevo essere io ad avere il controllo. Volevo appartenere a Jorik.

Quando mi penetrò con le dita e mi succhiò il clitoride, leccandomi con voracità, gli diedi tutto, il mio corpo esplose, mentre il suo ruggito soddisfatto scatenò un orgasmo che mi attraversò tutto il corpo.

Fui attraversata come da una scossa. Diedi uno strattone alle catene. Volevo toccarlo. Cavalcarlo. Baciarlo.

"Jorik!" Lo stavo implorando, ma non sapevo nemmeno io cosa volessi. Di cosa avessi bisogno. Di lui. Solo di lui. Era questo che avevo desiderato durante tutti quei lunghi mesi di separazione. Il suo profumo, l'abbandono selvaggio di ogni suo tocco. Mi era mancato tantissimo.

"Ancora." La voce profonda della sua bestia mi fece contrarre la fica. Mi penetrò con un secondo dito, scopandomi con un po' più di foga, allargandomi e baciandomi lungo il corpo, mentre io provavo a riprendere fiato. Mi baciò prima un capezzolo e poi l'altro, teneramente, e poi, leccandomi e mordicchiandomi, risalì fino al collo. Fino alle mie labbra.

Lì si fermò. Immobile. Aprii gli occhi e guardai la sua bestia negli occhi. L'uomo che amavo era lì, sepolto in profondità, ma pur sempre lì. *Questo* era Jorik. Aspettò. Ma che cosa? Il mio permesso? La mia accettazione?

Continuò a penetrarmi con le dita, mentre ci guardavamo negli occhi, la bestia che aspettava qualcosa.

"Baciami. Scopami. Fallo. Ti voglio. Tutto quanto." Volevo essere chiara e decisa mentre facevo le mie richieste. "Tu sei mio, Jorik. Mio."

La sua bestia mi sorrise con fare predatorio e la mia fica si contrasse con forza attorno alle sue dita.

"Oh, Dio." Stavo per venire di nuovo.

"No dio. Jorik." Mi premette il pollice sulla clitoride e disegnò un piccolo cerchio. Gridai il suo nome e venni.

La fica in preda agli spasmi, sentii il suo enorme cazzo che premeva in avanti e mi apriva lentamente.

Ce l'aveva enorme. Davvero, davvero enorme. Sussultai, mezza sotto shock, mezza dolorante mentre lui mi riempiva. Mi allargava. Mi reclamava.

Era troppo grosso. Troppo. La mia fica era troppo stretta, troppo gonfia, troppo sensi-

"Ahhhh!" Venni di nuovo, l'orgasmo mi attraversò come una scossa elettrica. Nessun avvertimento. Improvviso. Mi contrassi attorno a lui, gocciolai sul suo cazzo e gli spianai la strada.

"Jorik." La sua bestia ringhiò e la mia fica si contrasse attorno al suo cazzo che cominciò a martellarmi, prima lentamente, e poi sempre più, sempre più veloce. "Mia."

"Dio, sì."

Si fermò. Si accigliò. Un'espressione adorabile su una bestia. "No dio. Jorik. Compagno."

"Sì, amore. Jorik." Lo amavo. Merda, lo amavo eccome. Amavo suo figlio. Amavo il suo cazzo. Amavo sentirmi bellissima quando ero con lui. Amavo essere alla sua mercé, sapere che ero bellissima, desiderabile. Perfetta. "Compagno."

Ciò bastò a farlo felice e subito ricominciò a scoparmi. A ogni colpo scivolavo su e giù con la schiena lungo il muro. Ero alla sua mercé, incatenata al muro, e pregai che questo momento non finisse mai. Ero intrappolata e, se avessi avuto anche io una bestia dentro di me, si sarebbe messa ad ululare. Non potevo andare da nessuna parte. Nessuno mi avrebbe mai portata via da Jorik.

Il suo profumo mi avvolse. Il suo calore. Il suo potere. Era forte, fortissimo. Ed era mio.

Mi abbandonai a quel momento, le lacrime che mi colavano lungo il viso. Gli donai l'ultimissimo pezzo del mio cuore ferito, di quel cuore che aveva vissuto nella paura, quel cuore che si era spezzato quando lo avevo creduto morto, quel cuore che avrebbe ucciso per proteggere nostro figlio. Glielo diedi. Gli diedi ogni miserabile pezzettino, e gli diedi anche il mio corpo.

Venni di nuovo, singhiozzando, completamente fuori controllo. Non avevo più nulla. Ero stata spezzata e ricostruita, e faceva male. Faceva una male cane, ma non potevo farci niente. Non potevo far niente per fermare me stessa. Ero tutt'intera, sana, su un pianeta alieno, ed ero con lui. Fino a quando eravamo insieme, io, lui, il bambino che avevamo creato, non mi importava di dove ci trovavamo.

Jorik lanciò un urlo e il profondo ruggito riempì la nostra piccola stanza mentre lui mi riempiva con il suo seme. Mi marchiava. Mi reclamava.

Di nuovo.

Ma, questa volta, non c'era nessuna rapina, niente Sciame, nessuna guerra. Niente leggi. Solo noi. Noi e Jori.

Quando finalmente fummo in grado di nuovo di respirare, la mia bestia mi liberò e mi portò a letto. Mi abbracciò e non mi domandò delle lacrime, e io gliene fui grata. Non sarei stata in grado di spiegargliele in ogni caso.

Amare qualcuno così tanto faceva un male cane. Ma non si tornava indietro.

E io di certo non volevo farlo.

11

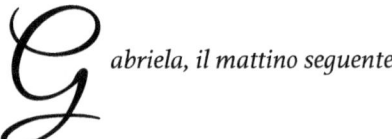

abriela, il mattino seguente

GLI ATLAN ERANO FORMIDABILI. Enormi. Autoritari. Il loro sguardo intenso avrebbe terrorizzato chiunque. E di certo terrorizzavano me, ma in senso buono. Beh, non tutti tutti. Solo un Atlan in particolare. E quando mi spogliava... era persino più autoritario, ed enorme – specie nel punto giusto. Avrei dovuto essere esausta, i miei due ometti mi avevano tenuta sveglia per tutta la notte.

Jori non aveva sofferto minimamente gli effetti del trasporto, era sempre affamato e voglioso di coccole, non importava se fosse notte o giorno. Lo stesso valeva per suo padre. Jorik aveva sempre fame... di me, e avevo passato la notte tra le sue braccia. Questa mattina mi ero svegliata su di lui, la testa appoggiata nell'incavo della sua spalla. Non mi ricordavo di essermi arrampicata su di lui, o di lui che mi sistemava lì sul suo corpo, ma stargli distesa accanto non mi bastava.

Non avevo mai passato la notte con Jorik. Eravamo stati insieme solo per poche ore. Avrei dovuto trovare scomodo dormire con qualcuno di così grosso... diamine, con qualcuno e basta, ma non era stato così. Avevo dormito come un ghiro, anche dopo il tempo passato in quella capsula ringiovanente. Forse, per la prima volta da mesi, forse da un anno, non ero più triste. Non ero più sola.

Ero dolorante. Mi facevano male dei muscoli che non sapevo nemmeno di avere. Non era come se qualcuno mi avesse legata al muro e mi avesse scopata a dovere. La scopata mi aveva lasciato la fica dolorante. Ma non mi importava. Anzi, era una cosa divertente. Significava che Jorik mi aveva posseduta. Che eravamo insieme.

Dio, che sciocca che ero.

Dopo essermi fatta la doccia in quella specie di tubo ipertecnologico – Dio, mi aveva asciugato i capelli in meno di un minuto – e aver dato da mangiare a Jori, Jorik aveva fatto una specie di miracolo e mi aveva creato un vestito su misura usando una qualche macchina sul muro. Era un vestito soffice e svolazzante, di un bel blu. Mi aveva detto che era un tipico vestito Atlan e, a giudicare dalla faccia che aveva fatto, gli piaceva vedermelo indosso.

Gli piaceva così tanto che subito aveva provato a farmelo togliere. Ero riuscita a resistere. Sapevo che, altrimenti, non saremmo usciti mai da queste stanze. E lui, per tutta risposta, si era inginocchiato davanti a me, aveva alzato l'orlo del vestito e me l'aveva leccata. Dire che ci sapeva fare con la lingua... Dio, mi bastava pensarci per eccitarmi. E resistere e dirgli di no? Quale donna sana di mente avrebbe detto di no a un bellissimo Atlan che non vedeva l'ora di leccarle la fica?

Di certo non io.

Dopo che mi ero ripresa – e lui si era asciugato la bocca dai miei umori scintillanti, riprova di quanto mi piacessero le sue attenzioni – ci aveva portati nella sala mensa per la colazione. Attraversando le porte della mensa, il profumo di un qualche cibo misterioso mi fece brontolare lo stomaco. Era una sala enorme, con forse trenta tavoli, sebbene non ci fosse nessuna cucina in vista. Un'intera parete era fatta di vetro... o qualcosa di molto simile al vetro, e per la prima volta fui in grado di guardare il mio nuovo pianeta. Diamine, ero *davvero* nello spazio.

Niente cielo blu, niente nuvole. Era come mi immaginavo Marte: rosso e roccioso, con delle strane piante colorate che sopravvivevano per il rotto della cuffia. E in alto? Stelle. Lo spazio nero. Sembrava spoglio. Esposto. E d'improvviso fui molto grata della cupola che ci ricopriva la testa, che ci teneva al sicuro e ci proteggeva. A modo suo, era un paesaggio bellissimo, ma non c'erano paludi, o una spiaggia.

Jori emise un gemito e mi girai verso di lui. Gli sorrisi e vidi che si stava succhiando la mano. Da quando ero arrivata su questo pianeta, praticamente l'avevo preso in braccio solo per dargli da mangiare. Altrimenti, passava tutto il tempo o a dormire nella cula nella piccola stanza vicino alla parte del letto dove dormiva Jorik – aveva detto che voleva avere sempre nostro figlio abbastanza vicino da poterlo controllare – o tra le braccia del padre. Come adesso. Non mi lasciava tenerlo in braccio, e io non me la sentivo di negargli tale piacere. Mi rendeva felicissima vederlo così. Un'enorme bestia messa in ginocchio da un neonato di sei chili.

E immediatamente venimmo bombardati. Guerrieri che avevano parti cyborg al posto degli occhi o delle braccia come se fossero usciti da un film di fantascienza ci circondarono, gli sguardi addolciti dalla presenza di Jori. Chissà cosa avevano passato. Ripensai a quello che mi aveva risposto Jorik quando l'avevo risposto a lui. *Dentro*. Non avevo idea di cosa gli avessero fatto passare, e dubitavo fortemente che lui mi avrebbe mai raccontato tutto. Ma non volevo nemmeno che lui rivivesse quell'orrore. Non per colpa mia.

Non glielo avrei chiesto. Ma lui e gli altri Atlan che erano stati catturati con lui erano diversi da tutti gli altri. Non avevano le ovvie parti meccaniche che deturpavano il corpo degli altri.

La custode Egara mi aveva spiegato che i guerrieri che vivevano sulla Colonia erano stati catturati dallo Sciame e che in qualche modo erano stati integrati. All'inizio, tutti questi guerrieri erano stati banditi dai rispettivi pianeti ed erano stati costretti a vivere sulla Colonia per sempre ma ora qualcosa era cambiato e, se lo volevano, potevano scegliere di ritornare sul loro pianeta natale – sebbene la maggior parte di loro avesse comunque deciso di restare qui.

Jorik era qui e mi chiesi se volesse far ritorno su Atlan. Saremmo rimasti sulla Colonia o saremmo andati da qualche altra parte? Fino a quando restavamo insieme, non mi importava.

Un tizio piuttosto grosso, probabilmente un Atlan, ci salutò con un cenno della sua mano cyborg e fece le boccacce a Jori. Una cosa incongrua e dolce al tempo stesso. Jorik sbuffò e fece un passo indietro.

Ne avevano passate di tutti i colori, eppure riuscivano ancora a gioire delle piccole cose. Un bambino era una creatura innocente, del tutto ignaro dello Sciame, della morte, della distruzione. Jori era perfetto. Se fossimo rimasti qui, sarebbe cresciuto pensando che le integrazioni dello Sciame fossero la norma. Per lui, tutti questi uomini sarebbero stati *normali*.

"Non ho mai visto Jorik così" mi sussurrò Rachel all'orecchio. "Sei una maga."

"Penso si tratti del bambino" risposi io. Non stava portando me in braccio. Io ero in disparte, fuori dai piedi. Era una cosa sciocca da pensare, perché lui sapeva esattamente dove mi trovavo e non avevo dubbio che sarebbe bastato uno starnuto per farlo correre al mio fianco e, forse, per farmi trascinare di nuovo dentro a una capsula ReGen.

Avevo pensato che Jorik era protettivo con me. Beh, mi ero sbagliata. Il suo atteggiamento protettivo era portato all'estremo con Jori. Osservammo il mio compagno, lo guardammo mentre se ne stava in piedi al centro della stanza, orgoglioso come non mai, che metteva in bella mostra il nostro bimbo appena nato. Quando qualcuno si avvicinava troppo, Jorik subito stendeva un braccio per dirgli di stare alla larga. Quando qualcuno chiedeva se poteva tenere in braccio Jori, Jorik rispondeva con *no* secco e minaccioso che non poteva non farmi scoppiare a ridere.

Jori sembrava minuscolo in braccio a suo padre, mentre dimenava le braccia e le gambe dentro al vestitino che gli avevano regalato Rachel e Maxim. Era dello stesso blu pallido del mio vestito, ed era uguale alle tutine usate sulla Terra. Jori si guardò in giro, ma dubitavo ci vedesse già.

"È contento di sé stesso" aggiunsi.

"Mhmm, sì. Questi tizi sono autoritari, una cosa ridicola. Io ho dei Prillon per compagni. E ne ho due," disse Rachel mentre giocherellava con il collare color bronzo che portava attorno alla gola. "Ma Jorik è veramente ridicolo. Non penso che avrò mai l'occasione di prendere in braccio tuo figlio."

"Se non fossi la sua unica fonte di sostentamento, probabilmente non ci riuscirei nemmeno io." Mi misi a ridere, eccitata nel vedere Jorik comportarsi da padre perfetto. "Tu anche hai un bambino, no?"

Rachel sospirò. "Sì, ma non è più esattamente un *bambino*. Mi ricordo di com'era quando i miei due compagni stavano provando a farmi rimanere incinta." Sospirò. "Poi, una volta incinta, non potevo più muovermi. Se emettevo qualche suono buffo, tipo, Dio non voglia, una scoreggia, ecco che subito mi circondavano, tutti preoccupati. Avresti dovuto vederli durante il parto." Fece una pausa e mi guardò sgranando gli occhi. "Oh, Gabriela, scusami! Che egoista che sono, mi lamento di quanto amorevoli sono stati i miei uomini quando tu non hai potuto avere la stessa cosa con Jorik. Non riesco a crederci che tu abbia fatto tutto da sola."

Ripensai a quanto era stata dura. Ero da sola. Triste. Ma vedere Jori per la prima volta... era stato incredibile. Il mio cuore si era aperto e si era riempito d'amore.

"Va bene. Ho preso un sacco di farmaci."

Rachel si mise a ridere, chiaramente sollevata nel constatare di non avermi ferita. No, nient'affatto. Non potevo paragonare la mia relazione con la loro. Senza dubbio, avere due compagni non era una passeggiata.

Guardammo Jorik spostare Jori da un braccio all'altro. Poi mi guardò e sorrise. "Sono sorpresa che ti abbia permesso di uscire dai vostri alloggi. Dopo tutti questi mesi di lontananza, non credevo proprio che ti avrebbe permesso di vestirti." Mi guardò. "Bel vestito, comunque."

Sentii un altro "no" provenire da Jorik e vidi un altro Prillon deluso che si andava a sedere.

"Grazie," risposi allisciandomi il vestito. "Una capsula ReGen è meglio di una giornata in una spa di lusso. Aggiungici una manciata di orgasmi Atlan ed eccoti una donna felice."

Rachel rise e io sogghignai.

"Andiamo. Dal momento che quel bruto del tuo compagno non ci lascia avvicinare al tuo tesorino, ti presento agli altri."

"Non farmi allontanare. Jorik darà di matto se non mi vede."

Rachel sorrise e mi prese sottobraccio.

Facemmo il giro della stanza cominciando per primo dal suo secondo compagno, Ryston, un altro maschio enorme con il viso tagliente, i pallidi capelli dorati e un paio d'occhi dello stesso colore. Parte del lato sinistro del suo viso, tuttavia, era argentata. Metallica. Jorik non aveva su di sé nessun segno visibile del tempo passato con lo Sciame, ma la maggior parte dei guerrieri non erano stati altrettanto fortunati. Entrambi i compagni di Rachel portavano addosso i segni visibili della loro tortura. Maxim aveva un braccio quasi completamente d'argento, sebbene riuscissi a vedere solo il polso e la mano che spuntavano dalla manica lunga della sua uniforme, e Ryston aveva la parte sinistra della faccia dello stesso colore. Un umano di nome Denzel aveva gli occhi completamente d'argento. Ogni guerriero era diverso, ma avevano tutti lo stesso sguardo tormentato, uno sguardo che scompariva ogni volta che posavano gli occhi sul mio compagno e il piccolo pargolo che stringeva a sé.

Per ultimo venni presentata a un Atlan di nome Kai. Era seduto insieme ad altri due guerrieri. Era dorato e bellissimo, come un dio del surf, mentre gli altri due, Wulf ed Egon, avevano entrambi i capelli scuri. Sembravano degli umani in tutto e per tutto, tranne che erano alti quasi due metri e sarebbero diventati ancora più grossi se si fossero trasformati. Qui e là c'erano altri Atlan. Rachel me ne indicò uno di nome Braun, che sedeva vicino a Rezzer, Caroline – che si faceva chiamare CJ – e i loro due gemelli. Il maschio si chiamava RJ, per Rezzer Junior. E, per complicare ulteriormente le cose, anche la femmina si chiamava CJ, che stava per Caroline Junior. Avevano quasi lo stesso nome, ma non era difficile distinguerli. Se andavano in giro con i loro pannolini e le loro gambette tremolanti. Rachel mi disse che non avevano nemmeno un anno, ed ero contenta di sapere che Jori avrebbe avuto dei compagni di giochi.

Andando in giro, mi accorsi che quello che aveva detto la custode Egara degli Atlan era vero. Rispetto al numero di Prillon e altre razze, gli Atlan davano decisamente nell'occhio. Grossi. Dei bruti.

Da soli.

Come Tane, un altro Atlan indicatomi da Rachel. Se ne stava in disparte, armato fino ai denti. Altri guerrieri andarono a parlargli, anche questi armati di tutto punto. Avevano tutti la stessa identica uniforme. Forse erano di turno.

Wulf notò il mio interesse. "Sono tornati da poco da una battuta di caccia."

"Da dove?" E a cosa stavano dando la caccia, di preciso? La cupola ci teneva rinchiusi qui dentro, dove c'era aria respirabile. Mi avevano detto di non andare fuori senza l'equipaggiamento necessario. Il pianeta aveva sì la sua atmosfera, ma era tossica.

"Nelle miniere." Il vocabolario di Wulf era uguale a quello del mio compagno. Patetico. Due parole non sarebbero bastate a soddisfare la mia curiosità. Non era che questi Atlan non fossero intelligenti. Ma le loro risposte erano decisamente scarne.

"E a cosa, di grazia, stanno dando la caccia nelle miniere? Ai serpenti? Agli scorpioni? A Cerbero?" Di certo non stavano dando la caccia a nessuna di queste cose, ma volevo una risposta. E se gliela dovevo strappare con le tenaglie, l'avrei fatto.

"Allo Sciame."

Oh. Merda. Spalancai la bocca e guardai fuori dalla grande finestra, e poi guardai Jori. Jorik si era piazzato vicino a noi e gliene ero grata. "Sono qui?"

"Non più."

Beh, già mi sentivo meglio. Quasi. Non mi ero mai immaginata che lo Sciame potesse essere qui. Su questo pianeta. Sentii un brivido corrermi lungo la schiena.

Wulf si alzò e gli altri Atlan lo imitarono. Si disposero in cerchio intorno a me. E a Jorik. E a Jori.

Anche Braun si alzò – divincolandosi dai turbolenti gemelli che gli si stavano arrampicando sulla schiena – e si unì a noi. Rezzer lo seguì. Anche Tane si avvicinò.

Ero circondata da degli alieni – da degli Atlan – e tutti mi svettavano di oltre trenta centimetri.

"Gabriela, qui sei al sicuro. Ognuno di noi morirebbe per proteggere te o tuo figlio. E così ogni altro guerriero su questo pianeta."

Wow. Ok. Che cosa dovevo rispondere? Mi fissarono tutti, dal primo all'ultimo, gli occhi puntati su di me. "Intenso" non rendeva l'idea. "Uhm, grazie."

Grugnendo e annuendo, Rezzer e Braun ci lasciarono per rintracciare i due gemelli che erano corsi chissà dove, ma non sembrano preoccupati. Questo era un posto sicuro e, a meno che correvano con i coltelli in mano o trovavano una presa elettrica, allora non avrebbero corso pericoli. Era bello sapere che i bambini qui potevano godere di una tale libertà.

Tane si riunì al suo gruppo di cacciatori e Jorik mi porse una sedia per farmi sedere tra lui e Kai. Wulf si sedette di fronte a me e, vedendo come gli altri gli rispondevano e lo trattavano, era chiaro che era lui il leader. Persino Rezzer e Braun lo avevano trattato con rispetto.

I quattro uomini seduti con me erano gli unici non marchiati. Niente argento sui loro corpi. Niente arti protesici o occhi argentati. Avevano un aspetto del tutto normale, per essere degli alieni.

CJ ci passò di fianco e mi piazzò un piatto di lasagna fumante davanti agli occhi. Mozzarella fusa. Salsa di pomodoro fresca. Mi venne subito l'acquolina in bocca. "Grazie!"

"Anche la compagna del Prime Nial è una di noi, e quindi le macchine S-Gen possono sfornarti una miriade di cibi terrestri. Fantastico, no?"

Risi, felicissima di sapere che non dovevo mangiare verdure viola o la carne di qualche strano animale. "Persino il gelato?" Cavoli, mi mancava Sweet Treats, il gelato al cioccolato fondente, quello al caramello salato con le noci pecan, e quello –

"Sì, e il cioccolato."

"Grazie a Dio." Mi sentivo genuinamente sollevata. E affamata. Jorik mi aveva sfiancata e, tra le sue attenzioni e il dover allattare Jori, ero pronta a trasformarmi da piacevole in *arrabbiata* nel giro dei prossimi cinque minuti.

"Non ringraziare il tuo dio, donna. Che cosa ti ho detto al riguardo?" Jorik sollevò le sopracciglia mentre accarezzava la schiena di Jori. Come riuscisse questo ad essere il padre dell'anno e, allo stesso tempo, a ricordarmi dei nostri incontri sessuali era un totale mistero per me.

"Ricordi tutte le volte che mi hai servito un gelato?" mi mormorò nell'orecchio.

Annuii.

"Ogni volta, mi immaginavo come sarebbe stato leccarlo sul tuo corpo. Volevo leccarti il gusto fragola dai capezzoli, mi chiedevo chissà se fossero dello stesso rosa."

Di certo, ora le mie guance erano di quel colore.

"E, più in basso, mi domandavo se saresti stata altrettanto dolce. Ora lo so."

Deglutii con forza e fremetti. Dio, com'ero eccitata. Non lo guardai, non osai farlo, altrimenti gli sarei saltato addosso qui davanti a tutti. Invece, divorai la mia lasagna, la migliore che avessi mai mangiato. E il tè allo zenzero, perché anche se non ero più incinta, il mio stomaco continuava a fare le bizze. Mentre mangiavo, Jorik fece altrettanto, sorridendomi di quando in quando, un sorriso che prometteva un sacco di *leccate* nel prossimo futuro. Stava sempre attento che Jori fosse al sicuro, protetto, al caldo. Mio figlio dormiva come un ghiro tra le braccia di suo padre, e il cuore mi si gonfiò un'altra volta. Le lacrime minacciarono di colarmi dagli occhi e dovetti distogliere lo sguardo per non imbarazzarmi davanti a tutti gli amici di Jorik.

Invece di guardare i miei uomini, mi presi del tempo per guardarmi attorno. Ora che il bambino non era più al centro dell'attenzione, c'erano pur sempre un sacco di guerrieri qui nella sala mensa. Dei Viken. Un Cacciatore Everian che sembrava un umano, almeno fino a quando non si mosse. Era come guardare un film di vampiri con i cattivi che praticamente fluttuavano sul pavimento e si muovevano troppo velocemente per essere delle persone normali. Avrei dovuto dare di matto nel vederlo muoversi così velocemente, ma poi vidi un bambino di circa sei anni che mi si fece incontro, guardò Jori, gli diede un bacio sulla testa e se ne andò senza dire una parola.

Jorik sembrò divertito e fece un cenno all'Everian, che ricambiò. "Quello è il Cacciatore, Kiel di Everis. E quello è suo figlio Wyatt."

"Sembra un bambino dolcissimo" dissi sorpreso nel vedere che Jorik avesse permesso al bambino di avvicinarsi a Jori, per non parlare del fatto che gli aveva dato un bacio sulla testa.

"È così" disse Jorik. "E suo padre è estremamente generoso."

Detto da lui, valeva molto. Guardai di nuovo quell'uomo – quell'alieno – chiedendomi come facesse qualcuno che sembrava così normale, che sembrava così... umano, a ispirare così tanto rispetto da parte di una bestia. Di fianco a lui sedeva una donna. Si chiamava Lindsey, se mi ricordavo bene – me lo aveva detto Rachel – ma non ci eravamo ancora presentate.

Dovevano esserci centinaia di guerrieri che entravano e uscivano dalla mensa, e Jorik e il dottore mi avevano avvertita. Sembrava che noi fossimo la notizia del momento, e tutti, ma proprio *tutti*, volevano dare un'occhiata alla nuova compagna e al figlio di Jorik. Di certo non mi sarei ricordata i loro nomi, e di certo non fin da subito.

"Sono contento che tu sia qui," disse Kai infilando la forchetta in qualcosa di verde. Mentre lo guardavo, lui sorrise, e la sua faccia, da intensa, divenne affascinante nel giro di un secondo.

Perché non aveva una compagna? Era veramente bello. Non che io fossi alla ricerca, ma sulla Terra avevo un paio di amiche che sarebbero state felicissime di mettere le mani su qualcuno come lui.

O su Wulf.

O su Egon.

Diamine, su uno qualunque di questi tizi. Erano tutti dei maschi alfa di prima categoria. Per me, le loro party cyborg li rendevano ancora più sexy, più audaci. Coraggiosi. E io avevo il mio. Sulla Terra c'erano un mucchio di donne sole e deluse che sarebbero state più che contente di avere un alieno tutto per loro. Non c'era da meravigliarsi che le donne si offrivano volontarie.

Kai finì di mangiare e si pulì la bocca con un tovagliolo. "Prima del tuo arrivo, Jorik era un tantinello fuori controllo. Mi voleva staccare la testa dal collo."

Guardai Jorik, che si mise Jori sulla spalla.

"Staccare teste dal collo? Sì, sembra una cosa tutta sua" dissi. Dubitavo che qualcuno qui sapesse cosa fosse successo sulla Terra. O forse lo sapevano, anche se questi Atlan non sembravano dei tipi a cui piaceva condividere i propri segreti. Anzi, ero colpita dalle poche informazioni che Kai mi stava offrendo.

"Niente di meglio di una donna... e di un bambino per domarlo" rispose Kai. Inclinò la testa da un lato, come un cucciolo confuso – il che era adorabile, grosso com'era – e guardò i polsi di Jorik e poi me.

Jorik scosse il capo, ma Kai non lo notò, era troppo occupato a guardare me. "Niente bracciali d'accoppiamento?" Diede una pacca a Jorik. "Ha rifiutato la tua reclamazione, vecchio mio?"

Bracciali d'accoppiamento? Rifiutato la sua reclamazione? Ma che stava dicendo? Confusa, guardai Jorik, ma lui non mi guardò negli occhi.

"Non sono affari tuoi. E io sono ben lungi dall'essere vecchio, Kai. Siete dovuti intervenire in quattro per bloccarmi, ti ricordo."

Kai si mise a ridere e Jorik si alzò. Jori si stiracchiò e poi si fermò. "Sono arrivati altri guerrieri e non fanno altro che guardarci, Gabriela. Devo presentarti a quelli più nuovi."

Jorik attraversò la strada e subito fu circondato dai guerrieri appena arrivati. Colsi al volo l'opportunità per guardare Wulf, in cerca di una qualche spiegazione riguardo a quello che aveva detto Kai. Wulf scosse il capo e tornò a concentrarsi sul suo cibo. Non aveva la minima intenzione di parlarmi di certe cose.

Dannati Atlan!

A quanto pareva, di qualunque cosa stessero parlando, io non dovevo saperne niente. Ma perché? E cos'è erano questi bracciali, erano come le fedi nuziali sulla Terra? Jorik non voleva reclamarmi? O non voleva che io reclamassi lui? Nutriva ancora dei dubbi? Non sul bambino, ma su di me?

Avevo trasformato la nostra avventura di una notte in qualcosa di diverso? La scorsa notte avevo pensato che lui mi amasse veramente, anche se non me l'aveva detto. Oh, di certo c'eravamo divertiti, ma quello significava amarsi? Non aveva parlato di voler reclamarmi, o di mettermi i suoi bracciali al polso, o a qualunque cosa si riferissero questi Atlan.

Mi voleva? Oppure voleva Jori, e io ero un beneficio collaterale? Una trombamica su un pianeta senza donne?

E lo sapevano tutti tranne me?

Guardai gli Atlan attorno a me ma, d'improvviso, ognuno di loro era estremamente concentrato sul proprio pasto.

L'unico altro Atlan ad avere una compagna era Rezzer. Mi girai verso di lui e ci mancò poco che non lanciai un grido quando vidi gli elaborati bracciali che adornavano i polsi suoi e della sua compagna. Erano intagliati, bellissimi, impossibili da non notare.

Misi le mani sotto al tavolo e mi massaggiai i polsi nudi. Quelli erano i famosi *bracciali d'accoppiamento*. Erano qualcosa di reale. Di permanente. E io non ce li avevo. Jorik non me ne aveva nemmeno mai parlato.

Il terrore mi riempì lo stomaco fino a quando ripensai alla lasagna che mi sarebbe risalita in gola.

Quale che fosse la verità, Jorik amava suo figlio, poco ma sicuro. Anche dall'altra parte della stanza riuscivo a vederlo mentre scuoteva il capo con espressione seriosa. Diede delle pacche sulla schiena di Jori e se lo spostò sull'altro braccio per impedire alla persona davanti a lui di avvicinarglisi. Mi morsi il labbro, provando a soffocare la mia reazione, non sapevo se ridere o piangere. Non sapevo quasi nulla di questo pianeta, della gente che ci viveva, di quello che avevano passato. Ma niente aveva importanza. A me non importava di nulla, solo dei miei uomini. Sapevo che Jorik si sarebbe preso cura di me, che avrebbe soddisfatto ogni nostro bisogno. Che ci avrebbe protetti. Ma... sarebbe stato tutto qui?

Bastava?

Dopo che Jorik si fu allontanato, provai di nuovo a ottenere delle risposte da Wulf. "Jorik mi ha detto che le sue integrazioni si trovano tutte all'interno del suo corpo." Gettai lì quella frase e fissai Wulf per spingerlo a dirmi qualcosa di utile.

"Noi quattro facevamo parte del grande esperimento Atlan. Invece di darci le solite integrazioni metalliche o esterne, hanno costretto i nostri corpi a cibarsi di microscopiche integrazioni che si sono legate a noi a livello cellulare.

Ogni nostro muscolo, ogni osso, ogni cellula ne è uscita migliorata."

Cosa? "Che vuol dire? Siete più forti adesso?"

"Il dottore non la sa di per certo, non ha mai visto una cosa del genere. Ma, sì, siamo più forti. Guariamo più in fretta, i nostri polmoni possono respirare l'atmosfera di questo pianeta senza subire conseguenze."

Wow. "Ma è incredibile."

Egon e Kai smisero di muoversi, il cibo a metà strada dalla loro bocca.

"Siamo stati contaminati come mai nessuno prima d'ora. Siamo i peggiori, qui."

Scossi il capo e misi la mano su quella di Wulf. "No, siete i migliori. I più forti. Qualunque cosa vi abbia fatto lo Sciame, siete sopravvissuti. E ora siete dei miracoli ambulanti."

Wulf sembrava scioccato, ma non tolse la mano da sotto la mia. Egon e Kai ripresero a mangiare, con le guance che sembravano... arrossite. Li avevo messi in imbarazzo?

"Scusatemi, non volevo offendervi." Non sapevo cosa dire per rimediare.

Wulf mi strizzò gentilmente la mano. "Nessuna offesa, mia lady. Anzi, ci hai dato speranza."

Al che fui io ad arrossire. Mi misi la mano in grembo e sentii Maxim che urlava.

"Cosa?" Maxim balzò in piedi e la sedia su cui era seduto cadde sul pavimento. Sembrava stesse parlando con lo spazio vuoto. "Mi stai prendendo per il culo?"

Si alzò, si girò e si rivolse a Jorik. Il silenzio calò sulla sala, tutti che li guardavano.

"Che succede?" chiesi a Wulf.

Lui fece spallucce.

"Arriviamo subito," disse Maxim bruscamente premendosi un bottone sul lato del collo, come se avesse un qualche trasmettitore incastonato nella testa.

Un momento. Forse era proprio così. Come me, d'altronde. La NP che mi aveva dato la custode Egara prima di farmi partire, il dispositivo che mi permetteva di capire la lingua degli Atlan, anche se sapevo che, ovviamente, non stavano parlando in inglese.

Maxim si diresse verso Jorik e Rachel lo seguì, ma non senza aver dato il bambino a qualcuno che subito prese a fargli le boccacce. Un bambino adorabile, un altro amichetto per Jori. Ma la felicità che provavo nel vedere quel bimbo fece presto a svanire quando Rachel mi lanciò un'occhiata che non racchiudeva conforto, ma preoccupazione.

Mi alzai, dimenticandomi degli Atlan che erano seduti con me, e mi incamminai verso Jorik e il governatore. Rachel si era fatta bianca per lo shock. Che cosa stava succedendo?

"Qui. Ora" disse Maxim a Jorik, ma non avevo sentito cosa gli avesse detto prima. Ero troppo lontana.

Jorik sgranò gli occhi e impallidì. C'era qualcosa che non andava. "Dev'esserci un errore. Gabriela è già qui" disse Jorik tirandomi a sé. Un gesto rassicurante, ma che non riuscì a farmi sentire meglio.

"Che succede?" chiesi.

Maxim non mi guardò, gli occhi fissi su Jorik. La mascella contratta. "Mi hanno appena chiamato dalla Terra. La compagna di Jorik sta arrivando qui. adesso."

Guardai Jorik, che aveva gli occhi incollati su Maxim ma mi stringeva forte a sé.

"Non capisco, Maxim. Gabriela è già qui," disse Rachel

Maxim scosse il capo. "No. La sua Sposa Interstellare. L'altro giorno, quando per poco non ha fatto a pezzi i guerrieri Prillon nell'arena, si è sottoposto al test. Era prima che sapessimo di Gabriela e del bambino. Non si è fatto rimuovere dal sistema del Programma quando sono arrivati, e quindi l'hanno abbinato a una donna."

Il cuore mi batteva all'impazzata, mi sentii nauseata. Era stato abbinato... a qualcun'altra?

"Ma... ma è impossibile" disse Rachel indicandoci. "Guardali. Sono perfetti insieme. Hanno persino un *figlio*."

"Il test è accurato al novantanove per cento. Questa donna... questa donna che è appena arrivata qui sulla Colonia, è la sua compagna."

E allora io che ero? Jorik era stato abbinato a un'altra donna con un'accuratezza quasi perfetta? Certo che sì. Ripensai a Jorik. Era bellissimo. Incredibile. Eroico. Gentile. Tenero. Fiero. Devoto. Intelligente. Abbastanza forte da sopravvivere per mesi come prigioniero dello Sciame.

E poi c'ero io. Una donna dalla Terra che aveva passato le pene dell'inferno solo per finire le superiori. Una donna con un lavoro idiota che era stata abbastanza stupida da fare sesso senza protezione e restare incinta. Io ero qui, sulla Colonia, non perché fossi la donna giusta per Jorik. No, ero qui grazie al bambino.

Jori era l'unico motivo per cui mi fosse stato concesso di venire qui, di vivere con Jorik. Il bambino era l'unico motivo per cui la custode Egara era venuta a sapere della mia esistenza. Se non avesse letto quell'articolo... se non fossi rimasta incinta, allora non mi avrebbe cercata. Avrei continuato a vivere la mia vita, sarei andata a lavoro e avrei servito il gelato ai turisti. Jorik sarebbe stato qui sulla Colonia. Con la sua compagna. La donna perfetta per lui.

Una donna che era senza dubbio magnifica. Jorik era troppo meraviglioso per avere qualcosa di meno. Non avevo dubbi che quella donna fosse bellissima. Intelligente. Divertente. Sexy.

E che quella donna non ero io.

12

Jorik

"Dev'esserci un errore" dissi camminando lungo il corridoio con Gabriela, Rachel e il governatore. Jori era sulla mia spalla, come se potessi permettere a qualcun altro di stringerlo a sé. Non prestai attenzione alle persone che ci passarono di fianco. Ci guardavano, una, forse due volte, forse non avevano saputo di Jori. Ma noi non di fermammo. Una donna abbinata a me era appena arrivata? Qui? Ora? Per me?

L'arrivo di una Sposa Interstellare era sempre una notizia entusiasmante. L'avrei accolta sulla Colonia, le avrei indicato un altro uomo da reclamare. Non me. Era stata abbinata a un Atlan, e quindi a me. C'erano troppi validi guerrieri qui, guerrieri Atlan che sarebbero stati più che lieti di prendersi cura di lei, di darle piacere. Di trovare la felicità.

Era impossibile era che io fossi stato abbinato a un'altra donna. Il mio cuore apparteneva a Gabriela. Non c'era spazio per un'altra donna. E io non la *volevo*, un'altra donna. Né la voleva la mia bestia. Il mio essere apparteneva a quest'esile terrestre che ora stava camminando al mio fianco. Ogni cellula del mio corpo era sua. La mia bestia era d'accordo non me. Quando Maxim ci aveva dato la notizia, la mia bestia non aveva reagito in nessun modo. Se ne stava calma. Soddisfatta. Gabriela era qui, vicino a noi, nostro figlio era in braccio a noi e la mia anima, per la prima volta in vita mia, aveva trovato la pace.

Mi ero fatto la doccia e il suo profumo era scivolato via, ma alla mia bestia non serviva essere ricoperta dal suo profumo per essere contenta. Non aveva bisogno nemmeno dei bracciali, sebbene io volessi indossarli – con orgoglio – per gridare a tutti che avevo trovato una compagna. Gabriela era mia – nostra – e Jori ne era la prova.

Non avevo bisogno che una cazzo di intelligenza computerizzata mi dicesse chi dovevo amare. Io avevo fatto la mia scelta. E così anche la mia bestia. E Gabriela aveva accettato la mia reclamazione. Era mia. Non desideravo nessun'altra. Anzi, l'idea di toccare un'altra donna, di perdere Gabriela, mi faceva male al cuore, scatenava in me una furia omicida. Chiunque mi avesse portato via Gabriela non sarebbe vissuto per raccontarlo.

La Sposa Interstellare dalla Terra doveva scegliere qualcun altro.

"Nessun errore. È appena arrivata." Maxim accelerò il passo costringendo Rachel e Gabriela a mettersi a correre per non restare indietro. A loro non dispiaceva, eravamo tutti ansiosi allo stesso modo.

"Da dove? Atlan? chiesi. Adoravo vedere Gabriela con indosso il nostro vestito tradizionale, me lo faceva venire duro. Lei non sapeva niente del mio pianeta natale. Niente di niente, ma a me non interessava.

"No. Dalla Terra."

Udii Gabriela sussultare. Anche io ero sorpreso allo stesso modo. Se ero attratto da Gabriela, allora aveva senso che il programma mi avesse abbinato a un'altra donna dello stesso pianeta. Ma perché non mi ero sentito attratto da tutte le donne della Terra mentre mi trovavo qui? Perché Gabriela in modo particolare? Avevo pensato perché lei era la mia compagna.

No. No! Lei *era* la mia compagna. C'era stato un errore. Quest'umana era stata trasportata qui per sbaglio. Apparteneva a un altro.

La porta della stanza di trasporto si aprì e Maxim entrò per primo, seguito da Rachel. Io porsi la mano a Gabriela ma lei mi passò di fianco senza curarsi di me. La seguii con Jori. Posai immediatamente lo sguardo sulla piccola donna che se ne stava in piedi sulla piattaforma di trasporto. Era stata abbinata a me. Per sbaglio.

Era piccola e aveva dei capelli castano chiaro che le arrivavano alle spalle. Indossava la veste tradizionale degli Atlan, come ci si aspettava facessero tutte le spose dei guerrieri Atlan. La veste era azzurra, quasi identica a quella che avevo scelto per Gabriela solamente questa mattina.

Il colore che più preferivo vedere indosso a una donna.

La donna si girò verso di noi e la vidi in volto. Mi accigliai.

"Hai un aspetto familiare," dissi subito. Ed era così. Ma

lei non sembrava preoccupata, ansiosa o sorpresa. Sembrava quasi... annoiata.

Mi sorrise, ora era ovviamente nervosa. Scese dalla piattaforma. "Ne sono felice. È chiaro che la tua bestia mi conosce già."

La sua voce era tenera, quasi stucchevole.

Mi accigliai. La mia bestia la ignorò completamente, non mostrò il minimo interesse nei suoi confronti. Era troppo impegnata a tenere sott'occhio la nostra compagna che era rimasta vicino alla porta. Ero sicuro che, se non fossi stato io ad avere in braccio Jori, Gabriela se la sarebbe già data a gambe. Tutta questa faccenda doveva essere molto spiacevole per lei. Ma non ne aveva motivo. Lei era mia e io ero suo. Questa donna umana non significava niente per me, era solo un inconveniente. Una volta che gli altri Atlan avrebbero saputo del suo arrivo, e che era stata abbinata a uno di noi, se le sarebbero date di santa ragione per cercare di conquistarla. Bene. Così io avrei potuto occuparmi di Gabriela, l'avrei posseduta e l'avrei fatta implorare.

Cazzo.

La donna fece un passo incerto, si guardò in giro, e poi si fermò. "Non sono mai stata nello spazio prima d'ora. Sono... sono felicissima di essere qui, di essere tu. So che ho trenta giorni per decidere, ma sei bellissimo. Non ne avrò bisogno. Accetto la tua reclamazione, guerriero."

Era già così sicura, dopo nemmeno cinque secondi? C'era qualcosa di... losco. Se era stata abbinata a me, se era la mia compagna, avrei dovuto sentire *qualcosa*. Ma io non sentivo niente. Totale mancanza di interesse. La mia bestia provava per lei quello che poteva provare per il tecnico del trasporto. Guardai Maxim. Per una volta, anche lui sembrava confuso.

Ripensai alla prima volta che avevo visto Gabriela. Era passata davanti al gabbiotto delle guardie mentre si dirigeva al lavoro. I capelli pettinati all'indietro, lunghi e lucenti. Mi aveva guardato e mi aveva sorriso. Vidi quei suoi occhi scuri e *bam*. Era stato come un colpo di pistola stordente. Ero rimasto fermo immobile a guardarla. L'avevo guardata mentre proseguiva lungo la strada, mi ero goduto i suoi fianchi che ondeggiavano, il suo culo tondo e pieno. La mia bestia aveva ululato. Ansimante. E così anche io.

Ma lei? Questa femmina della Terra che era stata abbinata a me?

Non provai nulla. Meno di nulla.

"Io mi chiamo Rachel." Lady Rone fece un passo in avanti. Per fortuna, lei era in grado di far funzionare il cervello e di mostrarsi cortese. Non era colpa di quest'umana se c'era stato un errore. Giusto? Rachel prese la donna per mano e poi indicò Maxim. "Quel tizio è il mio compagno."

"Oh, un Prillon. Soltanto uno?"

"Sì, beh, è uno dei miei due compagni."

"Sono il governatore di questa base," disse infine Maxim annuendo verso l'umana. "Se vuoi scusarmi, devo controllare una cosa." Si diresse verso il tecnico del trasporto e si mise in piedi di fianco a lui dietro il pannello di controllo.

"Come ti chiami?" le chiese Rachel.

"Wendy."

"Sei americana?"

America. Uno dei centri elaborazione spose era lì. A...

"Vengo da Miami."

Rachel sorrise, fece la diplomatica, accolse la povera donna che era venuta qui pensando di trovare un compagno e che sarebbe rimasta delusa. E a quel punto mi ricordai.

"Tu lavoravi al centro spose," dissi, capendo infine perché mi sembrava così familiare. "Custode... Morda?"

La donna sorrise. Non era molto attraente – troppo magra, per niente soffice. Troppo piccola. Almeno per me e la mia bestia. A noi piacevano le curve.

A noi piaceva *solo* Gabriela.

Una *custode* del Programma Spose era la mia compagna?

La custode Morda sorrise – un sorriso che le donava un aspetto del tutto diverso. Felice. "Esatto. Sono felice che ti ricordi di me. Mi hai aiutata una volta, ricordi? Col badge."

Me lo ricordavo, seppure vagamente. Avevo aiutato così tante persone, volontari sia per il Programma Spose che per la Flotta della Coalizione. Lei per me non era niente di eccezionale, ma non lo dissi.

Rachel guardò me, poi guardò Wendy; e poi di nuovo me. Quando si accorse che non avevo nient'altro da dire, Rachel continuò a parlare, riempiendo i silenzi e aspettando che il governatore riportasse le chiappe qui e sistemasse tutto questo casino. "Se eri una custode al Centro Elaborazione Spose Interstellari, come hai fatto a finire qui?"

Wendy fece spallucce. Sembrava timida. Troppo mite. Non riuscivo a immaginarmela mentre cavalcava il mio cazzo, mentre gridava il mio nome, mentre mi implorava di prenderla – così come aveva fatto Gabriela la notte scorsa.

"Non lo so. Ho abbinato un sacco di spose, sai? Non ho parenti, quantomeno nessun parente di cui mi importi. Niente animali domestici. Mi sono detta, perché no? Perché non andare a cercare il mio, di compagno perfetto? Centinaia di donne hanno trovato quello giusto, e ora volevo che toccasse anche a me. E così eccomi qui, abbinata a te. Mi hanno detto che abbiamo un'affinità del novantanove percento." Wendy mi guardò e arrossì. "Ciò significa che dovremmo essere perfetti l'uno per l'altra, in tutto e per tutto, no?"

Dietro di me, sentii Gabriela che sussultava. Wendy la ignorò. Del tutto. Il suo sguardo intenso era concentrato esclusivamente su di me. E poi su Jori. "Ma... quello è un bambino."

Mi ero dimenticato di Jori, ma subito mi inorgoglii e gli diede delle pacche sulla schiena. "Sì, è mio figlio."

Wendy sgranò gli occhi. "Hai... un *figlio*?"

"Sì, con Gabriela." Mi girai per indicare la mia compagna. Gabriela se ne stava in piedi vicino alla porta, le braccia incrociate sul petto. Sembrava... piccola. Preoccupata. Era ovvio che non fosse entusiasta di avere qui la custode Morda... Wendy. E nemmeno io. Prima risolvevamo questa faccenda, prima potevamo andarcene.

"Ma... ma... che ci fa lei qui?" chiese Wendy. "Sono io la tua compagna. Siamo stati abbinati."

Il governatore si riunì a noi e io lo guardai sperando in una rapida soluzione. Non me ne offrì alcuna. "Ha ragione. Ho avuto la conferma dal Centro Spose. Wendy Mora *è* la tua compagna. Nessun errore. I dati mostrano un abbinamento quasi perfetto." Il governatore inclinò la testa verso Wendy, che mi stava guardando.

"Non fa niente se hai un figlio" mi disse Wendy. "Ho sempre desiderato diventare madre. Posso aiutarti a prenderti cura di lui."

Ma era fuori di testa. "Non ho bisogno di aiuto, Wendy. Mio figlio ha già una madre. C'è stato un errore."

Wendy mi si fece incontro e io non avevo idea di come fare per gestire i suoi sentimenti senza distruggerla. Conoscevo Gabriela, sapevo quanto fragile potesse essere il cuore di un'umana. Non volevo ferire Wendy – ma lei non era mia. E non lo sarebbe mai stata.

La mia compagna apparve al mio fianco. Non l'avevo sentita avvicinarsi. "Dammi, lo prendo io" mi sussurrò Gabriela tendendo le mani per farsi consegnare Jori.

Wendy si avvicinò ulteriormente. "No, va bene" disse, come se avesse voce in capitolo. "Pensavo che avremmo dovuto aspettare tipo... nove mesi per avere un figlio. Ma così va anche meglio. Non solo ho un compagno, ma anche un figlio."

Sembrava così entusiasta. Io, invece... non sentivo nulla. Anzi, quasi la disprezzavo. Pensava che avremmo avuto un figlio tra nove mesi? Quello significava che... cazzo, voleva cominciare a darsi da fare fin da subito. Tipo, ora. Ed era pronta a prendersi Jori?

Col cazzo.

"Jorik," mi sussurrò Gabriela. "Ti prego."

Le diedi Jori e dissi a Wendy: "C'è stato un errore. Mi dispiace. Ho già una compagna. Gabriela."

Wendy guardò Gabriela, e poi me. "Non indossate i bracciali degli Atlan. Se è veramente la tua compagna, perché non li indossa?"

Gabriela si bloccò e mi lanciò uno sguardo che non mi piacque. Sospetto? Accusa? Dubbio?

Dolore?

Cazzo. Quello che Wendy aveva detto era vero. Non avevo parlato con Gabriela dei bracciali perché non erano ancora arrivati. Volevo farle una sorpresa. Volevo mettermi in ginocchio e offrirmi a lei, permetterle di mettermi i bracciali attorno al polso e di reclamarmi come suo.

Volevo quel momento. La mia bestia lo esigeva. Mi ero fatto spedire i bracciali dal mio pianeta natale, ma non avevo pensato che questo leggero ritardo avrebbe potuto rappresentare un problema. Gabriela era mia. E io ero suo. Non avevo bisogno di nessuna prova tangibile, eccetto Jori.

Fino a quando non ebbi bisogno. Come adesso, per esempio.

"Jorik?" disse Gabriela.

Mi girai verso di lei e osservai l'espressione che aveva in volto. Il suo sorriso era svanito. La sua... vita. La sua vitalità. L'arrivo di Wendy l'aveva svuotata. L'aveva dissanguata. Jori cominciò ad agitarsi e lei lo cullò. "Ha fame. Devo dargli da mangiare."

"Vengo con te," dissi. Volevo stare in qualunque altro posto, ma non qui. Volevo stare con la mia *compagna*.

E *solo* con lei. Come osava quest'umana deprivarmi del tempo che avrei potuto passare con la mia compagna!

"Un momento!" disse Wendy. "E io?"

La guardai, poi guardai Gabriela.

"Va'," mi disse Gabriela dolcemente. "È la donna alla quale sei stato abbinato."

"Ma..."

Gabriela scosse il capo con veemenza. "Vai. Devi prenderti cura di lei. Di questo." Fece un gesto con la mano per indicare l'intera stanza. Wendy. La piattaforma di trasporto. Questo cazzo di casino. Mi girai e la porta si aprì dietro di me. Gabriela prese Jori e se ne andò. Per gli dèi, volevo andare con lei. Il mio cuore era con lei, e io volevo seguirla con una disperazione tale da far ululare di dolore la mia bestia.

Guardai il governatore, che fece spallucce. "Contatterò la Terra. Non so cosa fare, di preciso. Non è mai successo prima d'ora, che io sappia. Devo contattare Prillon Prime per vedere qual è il protocollo da seguire."

Ero felice di constatare che lui sapeva che la mia vera compagna era Gabriela. E *non* quella Wendy, a prescindere da quello che diceva il test. Sapere che anche lui nutriva dei dubbi, alleviò la mia pena.

"Quanto tempo ci vorrà?" chiesi. Volevo lasciare Wendy e tornare da Gabriela. Ma io non ero un uomo crudele. Questa povera donna aveva attraversato la galassia, pensava di essere mia. Non vedeva l'ora di essere mia.

Non era colpa sua se non la volevo. Potevo comportarmi in modo cortese, quantomeno. Potevo offrirle la mia protezione fino a quando non avrebbe scelto un nuovo compagno. Tecnicamente, ora come ora, lei era mia. Era una mia responsabilità.

Sentii una piccola mano che stringeva la mia. Guardai in basso. Wendy. Mi guardò e sorrise. "Non c'è niente di cui preoccuparsi. Vedrai. Sono felice di essere qui, compagno. Saremo felicissimi insieme."

Si mise sulle punte e provò a baciarmi. Per fortuna che era così bassa e mi arrivò a malapena alla spalla.

Feci un passo indietro e stesi il braccio per allontanarla così come avevo fatto con tutti i guerrieri che avevano provato a toccare Jori. Erano stati irruenti, ma anche dolci. Ma questo? Wendy Morda che provava a baciarmi?

Ero disgustato. La mia bestia non riusciva a sopportarlo.

Era come se tutto quello che le avevo appena detto – sull'avere già una compagna, su Gabriela – non significasse niente per lei. Era confusa? Malata? Oppure, più semplicemente, non le importava.

Cazzo.

13

*J*orik

"Questi non sono i tuoi alloggi" disse Wendy, quando la lasciai entrare per prima nella stanza. Si guardò intorno e si accigliò.

Guardai anche io la stanza vuota. Pareti bianche, pavimenti scuri. Un piccolo letto, inadatto alla stazza di un Atlan e di certo non abbastanza grande per due Prillon e la loro compagna. Un tavolo, una sedia e una macchina S-Gen. Sapevo che dietro la porta sulla sinistra c'era un bagno.

"No. Questo è per gli ospiti."

Gli ospiti che non si fermano a lungo.

Si girò e mi guardò. "Pensavamo saremmo andati in camera tua." Mi si fece vicina e mi accarezzò il petto. "Per... conoscerci un po'."

Mi lanciò un sorriso seduttivo, ma io indietreggiai e

andai a sbattere contro il muro. Dèi, questo scricciolo di donna mi aveva costretto a battere la ritirata. Nemmeno lo Sciame c'era mai riuscito.

La mia bestia ringhiò dicendole di starci lontana, ma ebbe l'effetto opposto su di lei. Fece un passo in avanti, avvicinandosi abbastanza da premermi i senti contro lo stomaco. Infilò una gamba tra le mie e mi strusciò la fica contro la coscia. Riuscivo a sentire che era calda, riuscivo a sentire i suoi capezzoli turgidi.

Strinsi i pugni, e non per impedirmi di toccarla, ma per impedirmi di gettarla fuori dalla stanza. Era una donna audace. Spavalda.

"Wendy," le dissi digrignando i denti.

Quando mi poggiò la mano sul cazzo, si accigliò e mi guardò. "Ce l'hai grosso, ma non è duro." Poi sogghignò. "Lo so io come fare per aiutarti."

Si leccò le labbra e cominciò a slacciarmi i pantaloni.

"Chissà se agli Atlan piacciono i pompini. Mi hanno detto che sono bravissima a farli. Un'aspirapolvere."

Non sapevo cosa fosse un'aspirapolvere, ma sembrava che avesse un sacco di esperienza e io, in tutta onestà, non avevo alcune voglia di essere uno tra i tanti.

"E non ti preoccupare, che ingoio. Fino all'ultima goccia." Mi fece l'occhiolino. "Compagno."

Cazzo, no. La parola *compagno* mi fece smettere di aver paura. Sì, questa donna mi spaventava. Non pensavo che avrebbe potuto farmi male fisicamente, ma era aggressiva e selvaggia. Troppo. E io non volevo farle del male e disonorare me stesso.

Non volevo farmi succhiare il cazzo da lei. Non volevo darle nemmeno una goccia di seme. Il mio seme era tutto per Gabriela.

Gabriela.

Ripensai a lei. Era da sola. Con Jori. La mia famiglia era lontana da me, e io stavo per farmi succhiare il cazzo da un'altra donna.

"No," ringhiai afferrandola per le spalle. "Non voglio un'aspirapolvere. Io voglio Gabriela. È lei la mia compagna. Non tu. Dev'esserci stato un errore. Non so perché. Non so come."

Lei mi guardò, sgomenta, e poi crollò. Le lacrime le riempirono gli occhi. "Non mi vuoi?"

Non dissi nulla. Ero stato già più che chiaro.

"È perché c'è lei? Posso darti tutto quello che ti da lei. E anche di più. Ha appena partorito. Ha le tette penzolanti. Le smagliature. È ingrassata." Si passò una mano sul fianco. "Non vuoi una modella più giovane? Qualcuno in forma. Tonico. Posso fare delle cose che lei manco si sogna."

"Gabriela è la madre di mio figlio. È la mia compagna. Mi dispiace, Wendy. Non posso darti quello che vuoi."

"Ma io sono stata abbinata a te." Mi passò le mani sul corpo e poi mi strinse il volto tra le mani. "Sono più bella di lei, Jorik. E ti amo più di quanto non ti ami lei. Posso darti dei figli. Un sacco di figli. Sarò un'ottima madre. Vedrai." Si sporse in avanti e premette le labbra sul mio petto coperto dall'uniforme.

Più bella? No. La faccia di Wendy sembrava quella di un rapace. Sembrava più un Prillon che un'umana. La mia dolce Gabriela aveva le guance rotonde e le labbra piene. La mia compagna era bellissima, morbida, accogliente, femminile.

Osava dirsi superiore a Gabriela? Aveva detto così tante cose sul suo conto, come se fossero dei difetti. Gabriela aveva appena partorito *mio* figlio. I piccoli segni rossi che aveva sullo stomaco erano la prova che aveva portato in grembo *mio* figlio. E i suoi seni non erano cascanti, ma erano pieni, pesanti e sensibili. I chili in più che aveva preso la rendevano perfetta. Prima era troppo magra, almeno per i miei gusti. Adesso aveva delle curve a cui potevo aggrapparmi, curve da accarezzare, nelle quali sprofondare. Era proprio come la volevo io.

E questa donna? Wendy Morda? Era magra e tonica, ma ossuta. E, peggio ancora, la sua personalità non mi piaceva neanche un po', era peggio delle torture dello Sciame. Perché mentre loro mi torturavano, io non facevo altro che sperare di poter riabbracciare Gabriela.

Ora era Wendy che me la stava portando via. Ma io non glielo avrei permesso.

La afferrai per i polsi e le feci abbassare le braccia. Con gentilezza, controllando la mia forza, la spinsi via. "Wendy, io ho già una compagna. Scegli qualcun altro."

"Jorik, io non voglio nessun altro. Ho sempre voluto te."

Mi girai, aprii la porta e uscii lasciandomela alle spalle. Era scortese, ma non mi importava. Se fossi rimasto, presto Wendy mi sarebbe saltata addosso.

Quando arrivai al centro di comando, mi diressi dritto verso il governatore Rone e interruppi la sua conversazione con un Cacciatore Everian.

"Quella donna non è la mia compagna" gridai indicando la porta chiusa. "Mi mette i brividi."

Il governatore accennò un sorriso.

"L'unica donna che può toccarmi il cazzo è Gabriela. Non mi importa se c'è un'affinità del cento per cento. Wendy. Morda. Non. È. La. Mia. Compagna."

Il Cacciatore Everian fu abbastanza intelligente da allontanarsi. Sapeva che, di qualunque cosa stesse parlando con il governatore – anche se ci fosse stato lo Sciame ad invaderci – di certo la mia situazione aveva la precedenza.

"Mettetemi in contatto con la custode Egara. Subito" ordinò il governatore.

Io rimasi in piedi di fianco a lui, rivolto verso l'ampio schermo sul muro. Ci volle meno di un minuto e la faccia della donna dai capelli neri riempì il display. L'avevo già incontrata sulla Terra, un'unica volta. Tutte le mie interazioni erano con il lato della Coalizione; non avevo nessun contatto con gli impiegati del Centro Spose.

"Governatore, è bello rivederti. Spero che Rachel stia bene."

Sapevo che Rachel era stata abbinata a lui attraverso il Centro Spose, ed era gentile da parte sua chiedergli come stesse Rachel, sebbene a me non me ne fregasse un cazzo.

Feci un passo in avanti per sottopormi alla sua attenzione. "Custode, sono stato abbinato a una donna."

Lei mi sorrise e la sua espressione cambiò radicalmente. Era piuttosto bella. "Sì, come stanno Gabriela e il piccolo? Congratulazioni, comunque."

"Grazie. Stanno bene. Ma non mi riferisco a Gabriela. Mi riferisco alla donna a cui sono stato abbinata a lui attraverso il Centro Spose."

Si accigliò. "La tua compagna è Gabriela, Jorik. Mi sono occupata personalmente del suo trasporto."

La mia bestia ruggì frustrata.

"Custode, Jorik si riferisce al test a cui si è sottoposto pochi giorni fa," aggiunge il governatore. "L'hanno abbinato a una donna. È arrivata poco fa."

"È impossibile. Come si chiama?"

"Wendy Morda" le dissi.

La custode sgranò gli occhi. "Lasciatemi dare un'occhiata," disse.

Trattenni il fiato mentre lei probabilmente controllava i tablet che sapevano usavano in quel centro sulla Terra.

"Porca puttana" sussurrò. Quando rialzò gli occhi su di noi, sembrava alquanto sorpresa.

"Che c'è, custode?" chiesi provando a restare calmo.

"Mi state dicendo che Wendy Morda in questo momento si trovava sulla Colonia?"

Tremai ripensando alla sua mano sul mio cazzo. "Sì," dissi. "E vuole essere la mia compagna a tutti i costi."

"I dati dimostrano un abbinamento riuscito," aggiunse il governatore.

"Sì, è così," confermò la custode. "Tuttavia, lei non si è sottoposta a nessun test. A quanto ne so, non si è mai offerta volontaria. Lei non è la tua compagna."

Sospirai sollevato. *Grazie agli dèi.*

"E allora perché il sistema dice il contrario?" chiese il governatore.

"Non lo so. Morda ha accesso al sistema, ai dati. Penso che abbia falsificato i dati e si sia abbinata a Jorik."

Mi infuriai. Il sangue cominciò a ribollirmi e ripensai al giorno della mia fuga, quando mi avevano salvato e il Capitano Mills aveva contattato la Terra. "E il giorno in cui ti ho contattato, Custode, mi hai detto che Gabriela si era sposata. Perché? Perché mi hai mentito e non mi hai detto niente di mio figlio?"

"Cosa?" La custode sembrava sinceramente confusa e io sospirai sollevato, anche se la mia bestia stava lottando per emergere e fare a pezzi la stanza. La custode non aveva niente a che fare con quest'inganno. Era palese. Ed era stata lei ad abbinare Rachel al governatore, era stata lei a spedire qui le altre spose, che aveva fatto arrivare qui da me Gabriela e mio figlio. Potevo perdonarla, ma non potevo perdonare la persona che mi aveva tenuto lontano dalla mia compagna e da mio figlio. "Quando è successo?"

"Il giorno in cui la squadra ReCon mi ha recuperato su Latiri 4. Ho chiamato la Terra, Miami, il centro spose, e ho chiesto notizie sula mia compagna. E mi fu detto che lei mi credeva morto e che si era risposata con un altro umano."

"Un attimo." La custode guardò lo schermo e toccò qualche controllo. "Dannazione. Non c'è traccia di quella conversazione. Per niente. La custode arrossì e i suoi occhi si fecero furenti. "Andrò fino in fondo a questa storia, ma ho come la sensazione di sapere cos'è che è successo."

"È una procedura normale sulla Terra? Mentire ai guerrieri che aspettano la propria sposa? Ingannarci?" D'improvviso, mi preoccupai per tutti gli uomini della Coalizione. Quei guerrieri che lottavano e morivano per proteggere i pianeti della Coalizione. Per ottenere il loro premio ultimo, la loro sposa. Ed era tutta una menzogna? Il solo pensiero mi dava la nausea.

"Dio, no." La custode sembrò triste, poi abbassò gli occhi sul proprio tablet. "Avrei dovuto controllarla meglio. È colpa mia. Di solito non condivido con nessuno i dati personali, ma il file di Wendy Morda era stato contrassegnato, Governatore. Si è sottoposta al test per diventare una sposa, ma non ha avuto esito positivo. Il suo test non è mai stato completato. Ogni volta il test si interrompeva di colpa. Non corrispondeva al profilo psicologico necessario per diventare la sposa di qualcuno."

"Come si fa a fallire questo test?" chiesi. "Io non volevo farlo, ma mi sono seduto dove mi hanno detto di sedermi e non ho dovuto fare altro che dormire. Ho sognato."

La custode annuì. "Sì, ma perché tu sei stabile."

Mi accigliai. "Venivo da mesi di torture per mano dello Sciame. Come fai a dire che fossi stabile?"

"Rispetto alla custode Morda, sì, sei stabile." Sospirò e mise da parte il proprio tablet. "Sospetto che sia diventata ossessionata da te mentre eri qui sulla Terra. E sospetto che quando tu hai contattato la Terra, è stata Wendy a ricevere la chiamata - e a mentire sulla tua compagna e su tuo figlio, così da poter falsificare i dati dell'abbinamento." La custode si massaggiò la fronte con la punta delle dita, come se le facesse male la testa. "Jorik, sospetto che ha fatto tutto questo perché ti vuole."

Tremati, ripensando a quello che sarebbe potuto succedere. Avevo accettato quello che mi era stato detto, per quanto male facesse. Pensavo che Gabriela avrebbe trascorso il resto della sua vita con il suo compagno umano. Se Gabriela fosse arrivata anche con un solo giorno di ritardo, sarebbe stato troppo tardi. Mi sarei fidato del test, avrei provato a rendere Wendy Morda - e la mia bestia - felice. Avrei accettato la mia nuova sposa e avrei provato ad amarla.

Mi vennero i brividi al solo pensiero.

Il governatore fece un passo in avanti, i pugni chiusi. Non ero l'unico ad essere stato turbato dalla notizia. "E tu le hai permesso di continuare a lavorare nel centro spose?" le chiese il governatore.

"È perfettamente in grado di utilizzare i nostri software, governatore. Tuttavia, dopo che ha fallito i test, *avrebbe dovuto* esserle impossibile sottoporsi a dei nuovi, avrebbe dovuto restare qui, sulla Terra."

Incrociò le braccia sul petto. "Quella donna *non* si trova sulla Terra. Ma qui."

"E vuole me" aggiunsi.

"Io la considero mentalmente instabile" disse la custode Egara. "Prendetela in custodia e rispeditela qui da me il prima possibile."

"La troverò, custode; ma questa donna ha infranto le leggi della Coalizione, non quelle della Terra. Quando la troverò, la spedirò su Prillon Prime, e la sbatteranno in cella. Sarà il Prime Nial a decidere cosa fare di lei," rispose il governatore dandomi una pacca sulle spalle. Con forza. La mia bestia gradì il contatto, la rassicurazione che tutto sarebbe andato per il meglio. Gabriela era mia. Wendy sarebbe andata su Prillon Prime e avrebbe affrontato le conseguenze delle sue azioni.

"Vado a prenderla. Non mi resisterà" aggiunsi. "Quella donna mi desidera, forse con un po' troppa foga. Le ho detto fin da subito che Gabriela è la mia compagna, che c'è stato un errore. E gliel'ho ribadito dopo averla portata negli alloggi per gli ospiti. Wendy sa perfettamente che io non la voglio come compagna."

"Sa di Gabriela e del bambino?" chiese.

Annuii. "Sì, li ha incontrati entrambi quando è arrivata, ma poi non ha fatto altro che dirmi che mi voleva, che voleva metter su famiglia e che sarebbe stata felicissima di potersi prendere cura di Jori."

La custode si alzò di scatto. "Dove si trova adesso?"

Guardai il governatore, che si era irrigidito.

"L'ho lasciata negli alloggi per gli ospiti."

"Jorik, forse tu non corri nessun pericolo," mi disse la custode Egara. "Ma Gabriela sì. Da quello che ho visto, posso affermare che Wendy è abbastanza disturbata da credere che, se si sbarazzerà di Gabriela, allora potrà essere la tua compagna, la madre di Jori."

"Illogico. Non accadrebbe mai, custode. Né io né la mia bestia potremmo mai accettarla."

La custode aveva un'espressione tetra. "Qui non si tratta di logica, Jorik. La sua è un'ossessione."

Il governatore mi guardò negli occhi, e la preoccupazione che vi scorsi non fece altro che intensificare la mia. "Dove si trova Gabriela? E tuo figlio?"

Guardai i miei polsi nudi, i bracciali che avrebbero tenuto Gabriela al sicuro – e vicino a me – non c'erano. La mia pelle inadorna scherniva la promessa che avevo fatto alla mia donna. Amore. Protezione. Sicurezza. "Non lo so."

Non lo so.

Che compagno ideale, che ero. Avevo lasciato che Gabriela si allontanasse da me senza pensare a dove sarebbe andata. Avevo camminato assieme a quella bugiarda, a quella traditrice, alla donna che forse voleva fare del male alla mia compagna, e le avevo permesso di mettermi le mani addosso. Di parlarmi. Di provare a rivendicarmi. Sì, l'avevo rifiutata, ma non ero andato dalla mia compagna. Ero venuto qui. Dal governatore. E avevo lasciato la mia compagna senza protezione.

Il governatore si girò verso uno degli ufficiali. "Chiama Kiel e l'unità del Cacciatore. Ho bisogno delle sue abilità di cacciatore. E spargi la voce a tutte le stazioni di guardia. Dobbiamo trovare quelle donne. Ora."

"Sissignore." Il guerriero Prillon annuì. Poi distolse lo sguardo. Velocemente. Ma, lo stesso, vidi quel che voleva nascondermi.

Il dispiacere. E la pietà. Come se per la mia compagna e per mio figlio fosse già troppo tardi.

Cazzo.

14

abriela

Ero in piedi e osservavo mio figlio, gli occhi pieni di lacrime. Ero esausta. Tra il trasporto, la ginnastica sessuale, prendermi cura di Jori - e di Jorik - veramente non ce la facevo più.

Ma quella era una semplice stanchezza fisica, mi sarebbe bastato chiedere a Rachel di fare da babysitter a Jori e farmi un pisolino.

Ma era mentalmente che ero devastata. Che cosa avrei fatto? Jorik aveva la propria compagna, una donna che era stata selezionata apposta per lui e che era perfetta in tutto e per tutto.

Io chi ero? Non volevo essere quel tipo di donna che intrappola un uomo con un figlio che nemmeno voleva. Certo, lui ora Jori lo voleva, e io non volevo lasciarlo.

Meno di un giorno fa, le cose stavano andando alla perfezione. E ora?

Ora, ero il terzo incomodo su un pianeta alieno. Ora, Jorik aveva un terrestre che era stata scelta per lui. Se avessi provato a tenerlo per me, non avrei fatto altro che rubare loro la felicità della loro vita futura.

Erano stati abbinati, tra loro c'era un'affinità quasi perfetta. Come potevo negarlo?

Sembrava gentile. Timida. Piccola. Molto più magra di me. Più giovane.

Dio. Ma a che diavolo stavo pensando.

"Dormi, piccolo. Ti prometto che andrà tutto bene." Mi sporsi in avanti e baciai Jori sul suo prezioso visino. Assomigliava sempre di più a suo padre. A un Atlan. Aveva il colorito di Jorik. La sua mascella. Il suo naso. E quegli occhi? Ai miei uomini bastava guardarmi per farmi sciogliere.

Lasciai Jori al suo sonnellino, chiusi la porta della camera, mi assicurai che il baby monitor fosse acceso - Jorik mi aveva mostrato come usarlo ieri notte, quando non riuscivo a dormire per la preoccupazione - e andai in salotto. Il divano sembrava soffice. Troppo comodo per come mi sentivo ora, così irrequieta.

Avevo dato da mangiare a Jori. L'avevo cambiato. Avevo giocato con lui. L'avevo baciato. L'avevo cullato. Avevo fatto tutto il possibile per non pensare a Jorik e Wendy, da soli. A parlare. Da qualche parte. Forse a fare anche dell'altro.

Si stava innamorando di lei? La stava guardando e pensava – *Ehi, è bellissima. Forse ho fatto un errore?*

Mi sedetti al tavolino vicino all'angolo cottura e misi le braccia sul tavolo osservandomi i polsi nudi.

C'era un motivo se Jorik non mi aveva offerto i suoi bracciali?

"Certo che una ragione c'è, idiota." Ma non volevo dirlo ad alta voce. Erano parole a cui non volevo nemmeno pensare, ma erano lì, nella mia mente. Anche se non l'avessi detta ad alta voce, la verità era pur sempre la verità. Jorik non mi aveva mai offerto i suoi bracciali perché... Beh, perché semplicemente aveva scelto di non farlo. Non me sarei restata qui ad aspettarlo per chissà quanto tempo, a sperare che mi desse un anello di diamanti e mi chiedesse di sposarlo. Avevamo fatto un figlio insieme, ma sembrava che io non avrei fatto parte della sua vita.

L'Atlan, Rezzer, indossava i suoi bracciali con orgoglio. E così anche CJ, la sua compagna. Anche se ora mi aveva detto di chiamarla Caroline, così da non confonderla con sua figlia. I piccoli CJ e RJ. I gemelli. La stranezza dei loro nomi mi fece sorridere – e sperare che le cose tornassero ad essere come erano ieri. Quando ero felice, felice come non mai, e completamente ignara della felicità.

Io non ero la compagna di Jorik. No, non lo ero. Il nostro incontro, il mio viaggio fin qui? Tutto un enorme errore. No, questa era la casa di Jori. E anche di sua madre. Ma non con Jorik.

Certo, lo amavo. Troppo. Lo amavo abbastanza da lasciarlo andare.

Il bimbo si mosse, emise un rumorino e io mi asciugai una lacrima dalla guancia. Jori avrebbe visitato suo padre. Doveva farlo. Si meritava di conoscere Jorik, e quell'Atlan andava pazzo per suo figlio. Aveva un sacco di cose Atlan da insegnargli di cui io non sapevo assolutamente niente. Strane usanze che doveva conoscere. Era grosso, e sarebbe diventato enorme, proprio come suo padre. Ma aveva bisogno della guida di Jorik.

Ma io non potevo restare qui e guardarlo mentre si

innamorava di un'altra donna, restare calma passavano i mesi e Jorik si accorgeva di aver commesso un terribile errore.

L'onore l'avrebbe costretto a stare al mio fianco. Lo sapevo. Era un brav'uomo. Non avrebbe mai abbandonato la madre di suo figlio.

Ma avrebbe potuto imparare a disprezzarmi, a vedermi come un obbligo più che come una benedizione.

Io ero stata con lui per meno di due giorni. Come poteva provare per me dei sentimenti genuini e duraturi per me se avevamo passato così poco tempo insieme?

"Così come io lo amo." Stavo parlando da sola, ma non era d'aiuto. Non ero mai stata fortunata. Con la famiglia, con le relazioni, in amore. Pensare che ciò potesse cambiare così, d'improvviso, era sciocco, e avevo imparato molto presto di non fidarmi di queste sciocche fantasie. Perché questo era - una fantasia. Un sogno.

E ora era tempo di svegliarsi e rimettersi al lavoro. Avevo un figlio da crescere.

Non avevo portato molte cose con me, solo la logora maglietta che avevo indosso e la copertina di Jori. Usai la macchina S-Gen per farmi fare una borsa di media grandezza e la riempii con tutte le cose di Jori, perché il vestitino che indossava non sarebbe durato. Avrei preso il mio bambino, avrei trovato la stanza di trasporto e me ne sarei tornata a Miami. Me ne sarei tornata alla realtà. Jorik poteva visitarlo tutte le volte che voleva.

Ci avrebbe pensato la custode Egara a organizzare il tutto. Forse non avrebbe funzionato, e forse non mi avrebbero nemmeno permesso di riportare Jori sulla Terra. Avrei detto loro che avevo delle attenuanti: d'altro canto, era stata proprio la custode a spedirmi qui. Di certo lei mi avrebbe capita. E se non lo avesse fatto, allora dovevo trovare il modo di andare a vivere su Atlan.

L'unica cosa che sapevo per certo era non potevo rimanere qui, sulla Colonia, a guardare Jorik amare un'altra donna.

Ero forte. Dovevo esserlo, ma vederlo così mi aveva devastata. E Jori aveva bisogno di una madre forte, non di una a pezzi.

Avevo finito di piangere quando qualcuno bussò gentilmente alla porta. Jorik sarebbe entrato e basta, e quindi era chiaro che avevamo visite. E, a giudicare dalla bussata esitante, era di certo una donna. Forse Rachel? Era qui per commiserarmi? O per dirmi che tutto sarebbe andato bene?

Usai il palmo per aprire la porta e trovai Wendy che mi fissava intensamente. Eravamo alte uguali, la veste blu degli Atlan che indossava era quasi identica alla mia. Era un momento surreale, come se stessi guardando a una versione più magra e più giovane di me stessa.

Lei era troppo pallida, i suoi capelli erano di un castano chiaro, non del bellissimo nero di cui ero sempre andata fiera, ma non era non attraente. Provai a non odiarla, ma era difficile. "Wendy. Che sorpresa?

Dov'è Jorik?"

Wendy fece spallucce, un mezzo sorriso in volto. "Ciao. Mi chiedevo... Ti va di parlare?"

Quella era *l'ultima* cosa che volevo al mondo, ma annuii e feci un passo indietro per farla entrare.

Lei non si mosse, e il suo sguardo andò dritto sulla mia borsa posata vicino alla porta. "Possiamo fare due passi? Non voglio essere scortese, ma non voglio che Jorik ci sorprenda."

Beh, quantomeno ero d'accordo almeno su questa cosa.

Di certo non volevo farmi vedere da lui in preda al piagnisteo. E se per caso mi fosse venuta voglia di strangolare Wendy, beh, non volevo che vedesse nemmeno quello.

Diamine, forse mi sarei seduta su questa stronza rinsecchita e l'avrei soffocata.

"Jori sta dormendo. Non posso lasciarlo."

Wendy sorrise. "Sì, ci avevo pensato."

Al che Kai si fece avanti. Mi sorrise con fare rassicurante. "Posso badare io a lui. Lo proteggerò a costo della mia stessa vita. Hai la mia parola."

Mi fidavo dell'Atlan, sapevo che l'avrebbe fatto, sarebbe morto per proteggere il figlio di Jorik, e così annuii e uscii nel corridoio. "Se il mio primissimo babysitter. Non dirlo a Rachel."

Kai annuì come se gli fosse appena stata assegnata la missione più importante di tutti i tempi, e senza dubbio sapeva che Rachel si sarebbe arrabbiata se avesse scoperto che gli avevo permesso di badare al piccolo. "Gli ho appena dato da mangiare, ora sta dormendo. Dovrei tornare prima che si svegli."

Kai sorrise. "Avevo quasi quindici anni quando mia madre partorì la mia sorellina. Ho esperienza con certe cose."

Buono a sapersi. "Va bene." E io volevo parlare con Wendy. Da sola. "Grazie."

Kai annuì, la porta della mia camera si chiuse e noi cominciammo a camminare. Wendy era dietro di me, e quando mi girai per chiederle dove volesse andare, notai che portava la mia borsa a tracolla. Pensai di dover dire qualcosa, ma non lo feci. Volevo essere gentile. Le borse erano una cosa normalissima sulla Terra, e la maggior parte delle donne non uscivano mai di casa senza.

Vabbè. Poteva essere il mio mulo da soma. Quella sarebbe stata l'unica soddisfazione che sarei riuscita a strappare da questa giornata infernale. E se le mie emozioni non la piantavano di oscillare come un mostruoso pendolo, di sicuro sarei crollata completamente ancor prima di far ritorno sulla Terra. Forse avevo bisogno di un altro giro nella capsula ReGen. E di un po' di tempo per conto mio.

"Kai mi ha fatto fare un giro della base," mi disse Wendy. "È un posto adorabile, non credi?"

Io non avevo visto quasi niente, solo quello che c'era dietro alla grossa vetrata nella sala mensa. Ero stata troppo occupata a godere per pensare a questa base. Annuii senza dire niente e continuai a camminare mentre Wendy mi conduceva di corridoio in corridoio. Passammo davanti a un grande giardino in cui c'erano delle piante che riconobbi. "È un cespuglio di rose, quello?" chiesi.

"Oh, sì. Penso che, quando Rachel è arrivata qui, di certo non le è piaciuto che fosse tutto così... brullo. Ha cominciato a importare piante dai quattro angoli dell'universo. Da tutti i pianeti. Kai mi ha mostrato degli adorabili fiori verdi e viola che vengono da Atlan. Non vedo l'ora di andarci."

Wow, aveva imparato un sacco di cose in pochissimo tempo. Io ero qui da più tempo di lei e non ne sapevo niente. Ma, di nuovo, ero stata troppo occupata a fare sesso con Jorik. Forse questo significava che... No, non volevo nemmeno pensarci, non volevo nemmeno pensare a Jorik e Wendy che facevano l'amore.

"Sì. Sarebbe bellissimo" risposi in tono neutro. Oppure no, se ero esiliata qui con il mio figlio alieno. Ma avrei trovato un modo. Sapevo di per certo che agli Atlan piacevano i gelati.

La voce di Wendy aveva un non so che di musicale. "Sì.

Me lo sono immaginato non so quante volte. Andrò con Jorik" – mi guardò di sottinsù – "e, ovviamente, con suo figlio. Senza dubbio faremo altri due o tre figli, è così virile, il mio Jorik. E saranno tutti grandi e forti come il loro papà."

Avrei dovuto dire qualcosa di gentile, qualcosa di *carino*, ma proprio non ci riuscii. E quindi non dissi nulla.

Passammo oltre il giardino e imboccammo un altro lunghissimo corridoio. Qui non c'era nessuno e, una volta che il corridoio finì, ci trovammo in una sorta di magazzino. Lungo i muri c'erano degli enormi scatoloni, dei container identificati da codici di trasporto simili a quelli che avevo visto quando ero arrivata qui. Non avevo idea di cosa contenessero. Né mi importava saperlo.

Mi girai verso Wendy e mi misi a braccia conserte. "Che costa ci facciamo qui, Wendy? Di cosa vuoi parlare?" Se non fossi stata il doppio di lei, mi sarei spaventata. Più che altro ero impaziente. Irritata.

"Voglio parlarti di Jorik."

Sì, ok. "Parla, allora."

"E di Jori."

Quello mi diede sui nervi. "Non serve che parliamo di Jori."

Prese a camminare e a tormentarsi le mani. Era agitata. Sembrava... disperata. "Voglio che tu sappia che io amo Jorik. Lo amo ormai da moltissimo tempo."

Mi accigliai. Moltissimo tempo? Era arrivata qui al massimo da qualche ora. Aveva detto che si erano incontrati sulla Terra, ma Jorik quasi non si ricordava di lei. "Com'è possibile?"

"Te l'ho detto - l'ho detto a tutti - lavoravo con lui al Centro Elaborazione Spose. Quando ho deciso di diventare anche io una sposa – beh, ero fuori di me quando ho sentito che mi avevano abbinata a Jorik. Era perfetto."

Oh, ci scommetto. Stronza.

Non dissi nulla lei continuò a muoversi, camminando intorno così che dovevo costantemente girarmi per averla di fronte. "È così alto, e poi è gentile, e coraggioso. E so che suo figlio sarà esattamente come lui. Amo già anche Jori." Si fermò e mi sorrise, gli occhi lucidi. "È un bambino bellissimo."

L'aveva visto per tipo due minuti in tutto.

"Sì, è bellissimo."

"Voglio che tu sappia che lo amerò come fosse figlio mio. Mi prenderò cura di lui. Te lo prometto."

Mi accigliai. Come fosse figlio suo? "Cosa?" Ci avevo sentito bene? "Jori è *mio* figlio. Lo riporto con me sulla Terra."

Cominciò a piangere e scosse il capo. "Oh, no. A Jorik non piacerà. Sarà triste."

Sì, è vero. "Puoi fargli visita."

"Ma Jori è mio figlio" disse lei con voce lamentosa. "Non puoi portarlo sulla Terra. Non mi amerà se lo porti via da sua madre."

Mi misi una mano sul petto. "Io sono sua madre." Dovevo andarmene di qui, e alla svelta. Questa stronza era pazza. Dovevo avvertire Jorik. "Abbiamo finito qui." Girai i tacchi, ma era troppo tardi. Wendy corse per bloccare la porta, la lunga veste le si avvolse attorno alle gambe mentre lo faceva.

Tirò fuori un blaster dalla tasca e io mi immobilizzai.

Merda. Lentamente, alzai le mani.

"Per te è finita" disse lei con voce piatta. "Questo poco ma sicuro. Jorik ama te. Mi ha detto che non può stare con me. Che ama te e suo figlio." Sollevò il blaster e mi fece segno di muovermi verso destra, verso uno dei container. Mi mossi, ma senza staccarle gli occhi di dosso. Eravamo da sole. Nessuno sarebbe venuto a salvarmi. Jori era al sicuro, ma nemmeno Kai sapeva dove fossimo andate.

E non avrei mai permesso a questa stronza pazzoide di mettere le mani su mio figlio. O su Jorik. Che mi amava. Me l'aveva detto lei che lui mi amava. Che non poteva stare con lei. Che non la *voleva*.

Mai come ora avevo avuto una tale voglia di ridere e gridare allo stesso tempo. Il cuore mi batteva a mille.

Wendy sollevò l'arma, lo sguardo folle. "Entra in quella cassa. Non voglio ucciderti. Io ora sono una madre, non un'assassina, ma tu devi andartene. Jorik non mi amerà se tu sei qui. Jori non mi amerà se tu sei qui. Devi andartene."

Non voglio ucciderti. Ma lo avrebbe fatto. Glielo leggevo in quel suo sguardo fanatico. Era diventata ossessionata da Jorik mentre lavoravano insieme nel Centro Spose sulla Terra. Abbastanza ossessionata da seguirlo nello spazio, su un altro pianeta. Da abbinarsi a lui tramite un test fasullo.

Abbastanza folle da pensare che, se mi avesse ucciso, allora lui l'avrebbe amata. Che mio figlio l'avrebbe amata. Che se io fossi scomparsa, allora lei avrebbe potuto prendere il mio posto, senza problemi. Che Jorik o chiunque altro qui sulla Colonia si sarebbe limitato a fare spallucce e che tutto sarebbe andato bene dopo che io ero scomparsa, e che lei avrebbe ottenuto mio figlio.

Mio figlio.

Volevo rubarmi la mia famiglia.

Andarmene per concedere a Jorik la possibilità di essere felice con la sua compagna era una cosa.

Ma questo? Questo era sbagliato. Mi faceva infuriare.

Questa donna stava minacciando il mio bambino. Il mio uomo. La mia *famiglia*.

Una mossa falsa e l'avrei messa al tappeto. Le persone non rompevano le palle alle bestie Atlan. Lo sapevano tutti. Ma una donna a cui stavano minacciando il figlio? Oh, sì. Wendy l'avrebbe pagata.

Muovendomi con cautela, sollevai una gamba, poi l'altra, e mi ritrovai in piedi dentro alla cassa scoperchiata. Ero piedi dentro a un enorme scatolone vuoto.

"Tu non vai bene per lui" disse lei bruscamente. "Lo sai." Sollevò il blaster e me lo puntò al petto. "Lo faccio per Jorik. Vedrai. Mi amerà."

Scossi il capo. "No, Wendy. Non ti amerà. Nemmeno se mi uccidi. Anche se io sono fuori gioco. Non metterà mai su famiglia con te. Sono *io* la sua famiglia."

Wendy gridò, contrasse le labbra e mi guardò con occhi furenti. Non avrei dovuto stuzzicarla.

Premette il grilletto e sentii un colpo di luce esplodermi in petto.

Caddi collassando nella cassa. Non riuscivo a respirare. La cassa venne chiusa e inchiodata. Tutt'a un tratto ero al buio più totale.

La cassa venne sollevata, riuscivo a sentire Wendy che borbottava; poi si fermò di colpo. La cassa cadde, e io con lei, e il dolore che sentii era come il morso di un moscerino in contro al bruciore che mi tormentava il petto. Udii la voce di Wendy:

"Ti spedirò lontana, dove nessuno potrà mai trovarti." Diede un colpo sul coperchio e sibilò come un serpente. "Jorik è mio."

Cazzo. Cazzo. Cazzo.

Mi costrinsi a respirare e a dimenticarmi del dolore.

Ignorando la nausea che mi stava facendo venire da vomitare, rotolai sulla schiena e mi portai le ginocchia contro il petto. Mi girava la testa, mi faceva male come non mai. Sollevai i piedi, e per un momento mi sarebbe piaciuto indossare degli stivali da combattimento come quelli di Jorik, e non delle graziose ciabatte blu.

Non aveva importanza. Mi sarei maciullata i piedi pur di uscire da questa dannata cassa e tornare da mio figlio.

Jorik? Lui era un guerriero. Era feroce e coraggioso e forte.

Ma Jori? Il mio bambino? Lui era innocente. Piccolo. Fragile.

Avrei ucciso questa cazzo di stronza con le mie stesse mani.

Usando ogni grammo di forza che avevo in corpo, cominciai a prendere a calci il coperchio della cassa.

Una scarica elettrica fece sfrigolare l'aria attorno a me. Oh merda, sapevo benissimo cosa significava. Aveva acceso la piattaforma di trasporto. Mi avrebbe spedito chissà dove. Probabilmente nel bel mezzo dello spazio, dove sarei morta nel giro di qualche secondo. Così che questa stronza potesse portarmi via la mia famiglia. Ed era perfettamente in grado di farlo. Si era spedita qui dalla Terra.

Chiusi gli occhi e diedi un altro calcio al coperchio E poi un altro. E poi un altro. Dovevo uscire di qui. Dovevo salvare la mia famiglia.

Il livello di energia crebbe e mi si rizzarono tutti i peli sul corpo.

Un altro calcio.

Il coperchio si incrinò e vidi una flebile striscia di luce che penetrava attraverso la fessura.

Lo calcai di nuovo, urlando mentre sentivo Wendy che

borbottava nervosamente con sé stessa. Sembrava che il trasporto non funzionasse.

Grazie a Dio. O agli dèi di Jorik. O alla dea della fortuna.

Spaccai il coperchio e mi alzai. Mi tremavano le gambe. Costrinsi la mia testa dolorante a concentrarsi sul nemico. Sulla donna che voleva portarmi via il mio bambino. La mia vita.

Mi guardò, sgranò gli occhi, in preda al panico. "No! No!" Mosse le mani sul pannello di controllo.

Uscii dalla cassa. Feci un passo incerto.

La porta si aprì e Jorik, Wulf, Egon, Braun e il governatore si precipitarono dentro la stanza. Erano tutti armati, i blaster puntati su Wendy. Con una precisione incredibile, Wulf fece fuoco e colpì il blaster che Wendy teneva in mano. Il blaster volò in aria e cadde lontano.

Wendy gridò; e poi scoppiò a piangere. "No, Jorik. Io ti amo. Saremo così felici insieme! Non lo capisci? Lo faccio per te. Per noi." Mi guardò, era chiaro che non le piacesse quello che vedeva.

La sua bestia si scatenò nel giro di un secondo. Enorme. Feroce. Furiosa. "No. Gabriela. Mia compagna. Mia."

La sua voce fece cantare il mio corpo di gioia. Mi amava. Mi voleva. Non lei.

Non. Lei.

"No, sono io la tua compagna" continuò lei. "Jorik. Ascolta. Ascoltami. Sono io la tua compagna." Premette qualche pulsante sul pannello e ondeggiò le braccia sui controlli. Mi guardò.

"Non funzionerà." La voce profonda del governatore sembrava... rassegnata. "Abbiamo bloccato tutti i trasporti."

"No!" Wendy gridò di nuovo. "No. Jorik è mio."

Jorik fece un passo verso di lei e riconobbi la furia

omicida che avevo visto nel negozio di gelati subito prima che strappasse la testa di quell'uomo.

Wendy non era un uomo. Era mentalmente instabile, ma non era una guerriera.

Non avevo bisogno che Jorik mi proteggesse.

E io le ero più vicina.

Sollevai una mano per fermarlo. "No, Jorik." Altri tre passi e Wendy mi guardò terrorizzata.

"Io lo amo," sussurrò. Era una giustificazione?

"Lui è mio," ringhiai io. "E così anche Jori." Ero furiosa, e feci qualcosa di cui non mi credevo qualcosa. La colpii con una tale forza che subito cadde a terra.

Ma vederla cadere non bastò a calmarmi. Ogni cellula del mio corpo stava esplodendo per la rabbia. Mi sentivo come una bestia. Aveva minacciato mio figlio. Il mio bambino.

Mi misi in ginocchio su di lei per strangolarla. Sollevai il pugno per ridurla in polvere, ma il braccio enorme di un Atlan me lo impedì.

Jorik.

"Compagna. No. Male alle mani."

Scoppiai a ridere. Di tutte le cose folli e ridicole che poteva dirmi ora come ora... Non gli importava se prendevo a pugni questa donna, ma che avrei potuto farmi male alla mano?

Mi girai e lo abbracciai, con tutta la forza che avevo. Wulf ed Egon ci passarono di fianco e si occuparono di Wendy. "Jori?" chiesi.

Wulf si girò verso di me. "È al sicuro con Kai, che vorrebbe prendersi a schiaffi per averti permesso di andare con lei." Wulf mise Wendy in piedi e la povera donna non protestò. Sembrava... rotta. Come il suo naso. Il sangue le colava lungo il viso, e aveva un occhio nero.

Ben ti sta, stronza.

Nonostante ciò, non riuscivo a dispiacermi per lei.

"Portatela in cella," ordinò il governatore. "Rinchiudetela. Devo informare il comando su Prillon Prime."

"Non la Terra?" chiesi.

Il governatore mi guardò. "Non ha infranto le leggi della Terra, ma le nostre."

Oh, merda. Non ci avevo pensato. Il Programma Spose Interstellari era importante per la Coalizione. Molto, molto importante.

Il governatore Maxim scosse il capo. "Non solo Wendy ha abusato del nostro sistema, ma ha anche mentito a Jorik riguardo alla sua compagna e a suo figlio, e ha provato a rapire la compagna di un Atlan. Resterà in prigione per molto, molto tempo."

Portarono via Wendy e io restai immobile. Avevo bisogno di sentire le braccia del mio Atlan che mi stringevano forte.

"Mio." La bestia di Jorik mi strinse come fossi fatta di vetro. Gentilmente.

Lo strinsi con forza. "Ti amo, Jorik."

Restammo così per molto tempo, e mi sentivo felice.

15

abriela

"Come dicono sulla Terra, qui non si cazzeggia" dissi a Wulf, che era in piedi vicino a me. Stavamo guardando la piattaforma di trasporto, aspettando i bracciali che, come avevo scoperto, il mio compagno aveva ordinato da Atlan il giorno stesso del mio arrivo.

Il giorno stesso. Sarebbe bastato che me lo dicesse e mi sarei evitata una marea di preoccupazioni sul non essere la sua compagna, su quei cavolo di bracciali.

Wulf aveva la mano poggiata sul touch screen. Mi guardò. "Non penso che tu voglia cazzeggiare con gli altri uomini. Jorik non ne sarebbe affatto contento."

Era così serio che mi venne da ridere.

"Che c'è?" chiese, accigliandosi.

"Jorik è l'unico uomo che desidero. E Jori mi dà abbastanza grattacapi."

Wulf si rilassò. Ne avevo passate già abbastanza, ed ero sicura che lui fosse sollevato nel vedere che, in fin dei conti, tutto si era risolto per il meglio.

E così anche io. Jorik - che stringeva Jori a sé - era col governatore e stavano parlando con la custode Egara. Io non volevo saperle niente, e così avevo trascinato Wulf qui, ad occuparci di questa cosa.

"Quello che volevo dire è che voglio i bracciali di Wulf. Non voglio che qualche altra lunatica si presenti qui e provi a portarmelo via."

"Ah," disse lui. "Sì, considerando quello che hai dovuto passare, è un desiderio più che ragionevole, ma non poteva pensarci Jorik a metterteli al polso?"

"Come ho detto, meglio non correre rischi," risposi. "Li voglio il prima possibile.

"Sai che la reclamazione di un Atlan non finisce lì."

Annuii. "Io penso ai bracciali. Sono certa che al resto possa pensarci Jorik."

Mi morsi il labbro, provando a non pensare a quello che mi avrebbe fatto Jorik. Mi piaceva quando si comportava da selvaggio a letto... E anche fuori. E questa... reclamazione? Mi ero bagnata solo pensandoci.

Wulf grugnì e tornò a premere i suoi pulsanti. "Ordinare dei bracciali così elaborati non è da tutti. Ma non è che il vostro abbinamento sia poi così normale."

Mi accigliai. "Che vuoi dire?"

Wulf sorrise. "Nella famiglia di Jorik non ci sono altri uomini. Nessuno che potesse passargli i propri bracciali. Di solito sono i nostri nonni a farci dono dei bracciali, o persino i nostri bis-nonni. La maggior parte dei bracciali sono vecchi di secoli."

"Ma?" Era una cosa affascinante, e io ero un po' triste nello scoprire che Jorik non aveva una famiglia. Anche se ce l'aveva. Aveva me e Jori, e io non l'avrei mai lasciato. Avrebbero dovuto strappare le mie fredde dita morte dal suo corpo. E anche allora, probabilmente sarei tornata per tormentare chiunque mi avesse costretto a lasciarlo.

"Jorik ha creato un design familiare nuovo di zecca. Ha commissionato questi bracciali all'artigiano più talentuoso di tutta Atlan. Valgono più di molte proprietà su Atlan."

Porca puttana. "Veramente?" E a chi serviva un anello di diamanti? Questo sembrava qualcosa di molto, molto più grosso. "Come una casa?"

Wulf sbuffò. "No. Come un castello, e con degli appezzamenti di terra." Sogghignò e la piattaforma di trasporto cominciò a ronzare, e la familiare carica elettrica mi fece rizzare i peli sul corpo. "Il tuo compagno è estremamente ricco, così come tutti gli altri guerrieri Atlan."

Restai confusa, ma non riuscii a staccare gli occhi dalla bellissima scatola che apparve in mezzo alla piattaforma di trasporto. Decorata con degli intagli intricati, non riuscivo nemmeno a immaginare quanto belli fossero i bracciali che potevano essere contenuti in una scatola del genere. "Se siete tutti così ricchi, allora perché vivete qui?"

Wulf si acciglò. "Non siamo i benvenuti su Atlan. Rappresentiamo un rischio enorme per la nostra gente." Sembrava triste, così lasciai perdere. Avrei chiesto a Jorik.

Wulf si diresse verso la piattaforma, sollevò la scatola come se fosse leggerissima - anche se era chiaro che fosse di metallo - e la mise ai miei piedi. Slegò un laccetto e sollevò il coperchio.

Abbassai lo sguardo.

"Wow." Dei grossi bracciali multicolore giacevano su un morbido materiale protettivo. Due paia identici. I miei, ovviamente, erano quelli più piccoli. Ma quelli di Jorik? Erano così grossi che avrei potuto mettermeli attorno ai polpacci, e gli intagli erano così complessi e dettagliati che avrei potuto stare ad ammirarli per ore. I bracciali erano fatti di un misto di platino, argento, oro e stagno, tutti i materiali si mescolavano creando un design alieno che ingannava l'occhio.

Wulf sollevò i bracciali più grandi e me li porse.

"Nessuno potrà non notarli," dissi afferrandoli. Erano pesanti, solidi. Grandi. Permanenti. Alzai lo sguardo su Wulf. "Grazie."

"Prego. Troverò Jorik e ti farò raggiungere immediatamente nei vostri alloggi."

Sospirai provando a far calmare il mio cuore che batteva all'impazzata. "Forse è chiedere troppo, ma potresti badare a Jori mentre noi... Beh, lo sai." Arrossii, anche se Wulf sapeva esattamente quali erano le nostre intenzioni. Quei bracciali significavano un'unica cosa. La reclamazione. E quindi del sesso selvaggio. "Non è molto che gli ho dato da mangiare. E con la parata che gli ha fatto fare Jorik prima, probabilmente dormirà per la maggior parte del tempo."

Wulf sgranò gli occhi sorpreso e mi sorrise in modo brillante. Era bellissimo. Certo, non quanto Jorik. Era pur sempre un Atlan. A quanto pareva, avevo un debole per queste bestie. Ero sicura che avrebbe fatto la felicità di qualsiasi donna. E speravo sarebbe successo presto.

Si accigliò. "Farò come mi hai detto e lo manderò da te, ma lui non mi permetterà mai di portargli via suo figlio."

Lo guardai. "Digli che la sua compagna è nuda e lo aspetta con ansia."

Wulf distolse lo sguardo. "La sua bestia mi farà a pezzi se gli dico che sei nuda."

Mi misi a ridere. Poteva benissimo accadere. "Tu vuoi tenere in braccio quel bambino, sono sicura che troverai il modo."

Al che mi allontanai, sapevo che Wulf era determinatissimo a fare da babysitter. Dopo quello che era successo con Wendy, Jorik si era rifiutato categoricamente di allontanarsi da Jori, nonostante Kai avesse tenuto fede alla propria promessa e si fosse occupato di Jori in modo egregio.

Ci dividemmo: Wulf andò a cercare Jorik, io me ne andai nei nostri alloggi. Avevamo entrambi una missione da fare; e per nulla al mondo nessuno di noi avrebbe accettato una sconfitta.

Jorik

FECI IRRUZIONE NEI NOSTRI ALLOGGI. Ero arrabbiato, frustrato; ma anche eccitato.

"Compagna!" gridai. Non era nella stanza principale, ma la intravidi attraverso la porta della camera da letto e mi calmai. "Cazzo," mormorai.

Lì c'era Gabriela, la mia Gabriela, distesa su un fianco, il gomito piegato e la testa poggiata su una mano. Nuda. Aveva le gambe incrociate, nascondendomi la vista della sua dolcissima fica. Un braccio le copriva i capezzoli, ma la loro bellezza era impossibile da nascondere.

Era una meraviglia. *Mia*. Bellissima. *Mia*. Una tentatrice. *Mia*.

"Gabriela, mormorai." *Mia*.

La mia bestia continuò a ripete quella parola, ancora e ancora, mentre il mio cazzo diventò incredibilmente duro.

Fu solo allora che Gabriela prese i bracciali e li lasciò penzolare dal dito. I nostri bracciali. I bracciali che avevo fatto fare su Atlan.

"Tu sei mio, Jorik" disse.

Annuii. "Sì."

"Non permetterò a nessun'altra donna di portarti via da me. Quindi mettiti questi bracciali e reclamami come tua."

Inarcai un sopracciglio. Sogghignai. Solo Gabriela poteva fare una cosa del genere.

Ma non era niente di strano. Era la *nostra* normalità.

"Sì, compagna," dissi. "Dove li hai presi." Non disse niente. "Ah, lasciami indovinare. Wulf?"

Fece spallucce.

"Questi bracciali non sono che una parte della reclamazione," la avvisai.

"L'ha detto anche Wulf."

Mi accigliai ed entrai in camera. "Non nominare un altro uomo mentre sei nuda e distesa sul nostro letto."

Mi guardò attraverso le sue lunghe ciglia.

"Wulf ha detto anche che..."

"Compagna" la avvertii.

"...la stessa cosa, che i bracciali non sono che una parte della reclamazione degli Atlan. Gli ho detto che al resto ci avresti pensato tu."

Cazzo.

"Ed è così," risposi ringhiando. Mi sfilai la maglietta e, in un batter d'occhio, mi ritrovai completamente nudo. "Io e la mia bestia sappiamo come scoparti per farti nostra per sempre. Sarà intenso, Gabriela."

"Va bene," mi sussurrò, e la vidi fremere.

"Ti prenderò fino in fondo. Fino in fondo."

"Jorik."

"Contro il muro, dopo averti bloccato le braccia."

Si mise a sedere. "Adesso, Jorik."

Sì. Ora.

Prese uno dei bracciali più grandi e me lo porse. Io le offrii il mio polso e la guardai mentre mi metteva sul braccio il simbolo della nostra unione. Lo chiuse.

Mi guardo e disse: "Tu. Sei. Mio. Jorik. Forse non siamo stati abbinati da uno stupido computer, ma di certo siamo perfetti l'uno per l'altra." Prese il secondo bracciale e me lo mise attorno all'altro polso.

La mia bestia ululò per la felicità sentendo i bracciali freddi e pesanti sulla mia pelle. Sarebbero rimasti per sempre al loro posto. Li avrei indossati con orgoglio, e così tutti avrebbero saputo che appartenevo a Gabriela, che ero suo. In tutto e per tutto.

E che il suo amore mi aveva salvato, che non dovevo più preoccuparmi di perdere il controllo, di cedere alla febbre d'accoppiamento, di diventare più bestia che uomo. I bracciali mi permettevano di arrendermi a lei, di amarla, di essere suo, di proteggere lei e nostro figlio con la mia stessa vita.

La mia bestia si calmò, soddisfatta, e io ne rimasi quasi sciocato. Poi si mosse. Aveva fame. Fame... di lei.

Afferrai gli altri bracciali. I suoi. Glieli misi ai polsi e dissi: "Mia. Di nessun altro. Uno sguardo e ho capito che eri mia. Nessuno ti porterà mai via da me. Nessuno ci separerà mai. Tu sei mia, e io sono tuo."

Quando finii, quando gli elaborati bracciali erano ormai attorno ai suoi polsi, lei mi saltò al collo e mi baciò. Sentire la sua pelle soffice, i suoi seni che mi premevano contro il petto, il suo culo tra le mani... era il paradiso.

Mi avvolse le gambe attorno alla vita, il mio cazzo in mezzo a noi, lungo, tozzo, insistente. Mi girai, la baciai e mi diressi verso la parete più vicina, premendola con cautela contro il muro così da impedirle di scappare. Le avrei fatto sentire la mia asta lunga, tutta, e lei avrebbe conosciuto il mio potere, il mio controllo.

Sentii i bracciali pesarmi attorno al polso e capii che questo era tutto. Questo rituale intimo mi riempiva di bisogni primordiali. Gabriela lo voleva. La mia bestia lo bramava. E così anche io. La connessione, il legame permanente che ci univa non fece altro che intensificare i miei bisogni. Volevo reclamarla, possederla, riempire il suo corpo e il suo cuore.

Dopo l'incubo che era stata la custode Morda, ne ero più che sicuro. Ne ero certo. Il bisogno mi fece pulsare il cazzo.

"Jorik," disse lei ansimando mentre io le leccavo e le mordicchiavo il collo. Le afferrai il culo con una mano e con l'altra le bloccai i polsi sopra la testa. Ora era alla mia mercé.

Continuai a baciarla, spostandomi verso il basso. Prima il collo, poi i suoi seni, e poi le leccai e le succhiai il capezzolo. Ero gentile, sapevo che allattare Jori li aveva resi estremamente sensibili. Mi dedicai a uno; poi all'altro; e poi la baciai di nuovo, e la mia lingua incontrò la sua.

Non riuscivo più a trattenermi. Non vedevo l'ora di riempirla. Avevo le palle piene fino a scoppiare, pronte a riempirla con il mio seme. Sapevo che non sarebbe rimasta incinta, ma il mio istinto di ingravidarla non mi avrebbe abbandonato mai. Quando sarebbe stata pronta per avere un'altra figlia, allora glielo avrei dato.

Mi ritrassi e mi mossi per posizionare il cazzo contro la sua fica.

"Compagna, guardami" ringhiai.

Aprì gli occhi e mi guardò.

"Io ti reclamo. Ora. Per sempre."

"Sì."

E tanto mi bastava, e tanto bastava alla mia bestia. La penetrai fino in fondo tirandola verso di me.

Lei gridò, le sue pareti interne si contrassero e mi strizzarono. Cazzo, non sarei durato. Mi ritrovai incastonato dentro di lei.

"Anche io ti rivendico, Jorik. Ora. Per sempre. E adesso scopami. Con forza.

Sì, la mia piccola guerriera. Aveva colpito la custode Morda con la forza di una bestia Atlan, ma io sapevo che si trattava della furia di una madre. Nessuno poteva minacciare mio figlio. E sapere che Gabriela era una guardiana tanto feroce rendeva la mia bestia fiera di lei, e il mio cuore traboccava di gioia.

Mi ritrassi; la penetrai di nuovo fino in fondo, così come voleva lei. "Sì, compagno."

Lasciai che fosse la mia bestia ad assumere il controllo, lasciai che crescesse. Il mio cazzo crebbe dentro di lei, e lei gettò la testa all'indietro e si morse il labbro come piaceva a me. Gemette e il mio cazzo crebbe ancora di più. La mia bestia era stata lì per tutto questo tempo, si era trattenuta, in attesa del proprio turno.

Ora era affamata come non mai, voleva reclamarla una volta per tutte.

"Mia." La mia bestia ruggì e Gabriela sussurrò il mio

nome, ancora e ancora, mentre io continuavo a martellarla fino in fondo, fino in fondo. Mentre la facevo mia per sempre.

Accarezzai i bracciali che portava ai polsi. La tenevo bloccata, non poteva andare da nessuna parte, riempita fino in fondo dal mio cazzo. Mi affondò i talloni nel culo, spronandomi a continuare. E io la presi, velocemente. Intensamente. Selvaggiamente. Il suono dei nostri respiri si mischiò ai rumori del sesso. Eravamo unti e sudati. Disperati, irrequieti.

Lei era una vera e propria meraviglia, e io volevo che questo momento non finisse mai. Mai. Il mio piacere era lì, proprio davanti a me, ma volevo che fosse lei a venire per prima. Infilai una mano in mezzo ai nostri corpi e trovai la sua clitoride.

Lei sgranò gli occhi e mi guardò. "Vieni" le ordinò la mia bestia. "Ora." Non avrebbe accettato un no come risposta. Con cautela, le pizzicai la clitoride.

Funzionò. Alla mia compagna piaceva il sesso spinto, piaceva lasciarsi andare. Carolina contrasse la fica e mi attirò ancora più a fondo dentro di sé e lanciò un grido di piacere. La scopai a dovere, ma ero forte fino a un certo punto. La mia bestia si sottomise a lei, le diede tutto. Il mio corpo, il mio seme, il mio cuore.

Ruggii e venni, svuotandomi dentro di lei.

Lo sapevo. Eravamo fatti l'uno per l'altra. L'avevo rivendicata. Era mia. Non avevamo bisogno dei bracciali a tenerci uniti.

Mi girai e mi incamminai verso il letto, senza uscire da lei, e spinsi via la mia bestia. Anche io la volevo. Gabriela era mia, e la volevo nel mio letto, volevo sentire il suo corpo morbido che avvolgeva il mio. La deposi con cautela sul materasso, posizionandola sopra di me. Non volevo uscire da lei, sarei rimasto lì, così, fino a quando lei non sarebbe stata di nuovo pronta a ricominciare. Ce l'avevo ancora enorme, e non pensavo che questa cosa sarebbe cambiata tanto presto.

"Dopo che ci saremo ripresi, compagna, voglio assaporarti. Ogni centimetro" dissi accarezzandole la schiena sudata.

"Io non sono un cono gelato" rispose lei, la testa poggiata sul mio petto.

Sorrisi e ripensai a lei in piedi dietro al bancone del negozio di gelati sulla Terra, mentre mi offriva un delizioso dolce ogni volta che la vedevo. "No, ma sei il mio gusto preferito."

Ci girai e lei si ritrovò bloccata sotto di me. Cominciai a baciarla, a leccare la sua pelle, ad assaporarla. Il suo sapore unico. Non ne avrei mai avuto abbastanza.

"Ti amo, Gabriela. Ogni cellula del mio corpo ti ama."

La sua fica si contrasse. "Jorik."

Cominciai a muovermi. Lei gemette, le dita affondate nei miei capelli. Mi attirò a sé e mi baciò. Gentilmente.

"Anche io ti amo. Tu adesso sei mio. La bestia e tutto il resto."

Soprattutto la mia bestia. Ma non c'era bisogno di dirglielo. Avevo tutta la notte per *dimostrarglielo*.

16

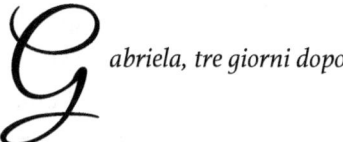abriela, tre giorni dopo

"Non è un giocattolo" borbottò Jorik. Stringeva Jori a sé come se fosse una palla da football, senza nessuna intenzione di cederlo a nessun altro. Il luccichio dei suoi bracciali mi ricordò un'altra volta che lui era mio, che era veramente tutto quello che desideravo.

Jorik era mio, e lo sarebbe sempre stato.

Wendy ormai era sparita, trasferita su Prillon Prime e accompagnata da due Cacciatori Everian. La custode Egara ci aveva assicurato che il test di Jorik era stato cancellato dal loro sistema, così che nessun altro potesse fare niente del genere.

Sorrisi a Jorik, ma quando mi guardò, provai a trattenermi. Non stava funzionando.

"Wulf ha potuto fargli da babysitter mentre tu mi reclamavi..."

"Ti ho reclamata per bene," disse lui sporgendosi in avanti per mormorarmelo.

Non potei fare a meno di arrossire. "Più che bene" dissi. "Ma prima o poi tocca a tutti."

"Reclamarti?"

"A fare da babysitter."

"Se diamo a tutti l'occasione di tenerlo in braccio, Jori lo rivedrai quando ormai avrà dodici anni."

Alzai gli occhi al cielo. "Ma piantala" risposi.

Entrammo in sala mensa, dove ci aspettavano molti degli abitanti della Colonia. Cominciarono tutti ad applaudire e Jorik mi mise un braccio sulle spalle, il petto gonfio di orgoglio. All'inizio non avevo campito questa cosa dei bracciali Atlan. Sulla Terra, un anello nuziale - per moltissime donne - era la dimostrazione che qualcuno le amava. Che un *uomo* le aveva reclamate. Le voleva. Le desiderava. Un segnale che diceva a tutti "giù le mani." Era una psicologia contorta, e io avevo provato più volte a capirci qualcosa.

Ma qui? Era l'opposto. Questi bracciali significavano che *lui* era degno di venire reclamato, *scelto*. La giustapposizione mi suonava strana – aliena – ma non potevo non essere d'accordo col modo in cui mi faceva sentire, e mi chissà se gli uomini sulla Terra, quando infilavano l'anello al dito della loro amata, si sentivano come mi sentivo io ora.

Lui era *MIO*. M.I.O. E ora tutti su questo pianeta lo avrebbero saputo. Persino Wendy.

Nessuno poteva invadere il mio territorio. Punto e basta. Mi ero trasformata anche io in una bestia primitiva.

E non mi importava. E quella donna mi aveva infilato in una scatola e mi aveva quasi spedito Dio chissà dove. Avevo tutto il diritto di fare la pipì sulla gamba di Jorik, se mi andava.

In base allo sconcertante numero di uomini senza compagna sulla Colonia, non capitava spesso che qualcuno ne trovasse una. La nostra storia era di certo unica, piena di sfide. Ma ora eravamo insieme, ed ero riuscita a mettere i bracciali attorno ai polsi della mia bestia.

Quando Jorik mi aveva detto che non se li sarebbe potuti togliere - che anzi, non se li sarebbe tolti - fino alla sua morte, avrei dovuto essere scioccata. Invece, mi sentivo... Contenta. Per sempre significava per sempre, e a me andava più che bene.

"Sono così felice per voi!" disse Rachel abbracciandomi. "E arrabbiata. Vi avevo detto di chiamarmi se avevate bisogno di qualcuno per badare a Jori. Avete fatto fare i babysitter a due persone diverse."

"Circostanze speciali," risposi. "Inoltre, tu hai Max."

Il piccolo era in braccio a lei. Aveva quasi due anni e sembrava già enorme rispetto a Jori. Assomigliava tutto a suo padre Ryston, con la sua pelle i suoi capelli color caramello. A giudicare dal modo in cui Rachel guardava Jori, era chiaro che presto ne avrebbe fatto un altro. Forse una bambina, che assomigliava al suo altro compagno, il governatore.

Il bambino si dimenò e Rachel lo mise giù. Subito corse verso i suoi padri. "Sì, ma non c'è niente di meglio dell'odore che hanno i neonati."

"Tutti in fila, e forse tutti quanti avranno la possibilità di prendere in braccio Jori" annunciò Jorik.

Lo guardai e sorrisi.

Era così serio, così severo. Non era un padre gentile e carino, ma un guardiano. Beh, a dire il vero era entrambe le cose, ma la sua bestia faceva la guardia a Jori con una ferocia inaudita.

"Andiamo a sederci" gli dissi indicando delle sedie libere.

Con fare riluttante, si sedette, sempre stringendo Jori a sé. Il bambino ora era sveglio e non faceva altro che guardarsi intorno.

Max corse verso Jorik e si piazzò in mezzo alle sue ginocchia. Indicò Jori con una delle sue dita tozze. "Bambino."

Maxim - facevo fatica a non vederlo sempre e comunque come il governatore - ci si fece incontro e prese in braccio suo figlio, e poi lo afferrò per una caviglia per farlo penzolare. "Tu sei il mio bambino," gli disse facendolo dondolare come un metronomo. Il ragazzino squittì, e la sua risata fece sorridere tutti i presenti.

"Va bene, mettilo giù" disse Rachel, abbastanza audace da affrontare Jorik.

"Lasciaglielo tenere in braccio" gli sussurrai.

"Sì è lavata le mani?" chiese Jorik guardandola con fare dubbioso.

Rachel sbuffò e gli porse le mani per fargliele ispezionare, al che Jorik cedette. Rachel prese nostro figlio e lo strinse a sé, si sporse in avanti per odorarlo. Era una sensazione che conoscevo, quel profumo, le dolci coccole che solo un neonato era in grado di donare. Si girò e cominciò a camminare.

"Dove diavolo va?" disse Jorik bruscamente e provando ad alzarsi. Lo tirai per il polso per farlo restare seduto.

"Lascialo andare."

"Certo, e domani magari mi dirai che se vuole può prendersi uno degli shuttle."

Mi misi a ridere: un padre era sempre un padre, non

importava su quale pianeta ti trovavi. "Penso che prima debba imparare a stare seduto."

Wulf ci si fece incontro. Jorik lo spinse per vedere cosa succedeva dietro di lui. "Togliti di mezzo. Se non posso tenerlo in braccio, devo almeno poterlo vedere."

Wulf si spostò verso sinistra.

"Congratulazioni. Ci indicò con il mento e io sollevai i miei bracciali. Non pensavo che i bracciali avrebbero fatto sì che io e Jorik saremmo stati per sempre vicini, e che se ci fossimo allontanati sia io che Jorik ne avremmo sofferto fisicamente. Li avevo testati, Jorik era rimasto a letto e io ero uscita dai nostri alloggi. Ero riuscita a percorrere a malapena metà corridoio quando aveva cominciato a fare male. Diamine, una sensazione orribile. Ero corsa indietro ed ero saltata addosso a Jorik.

Lui mi aveva detto che io potevo togliermi i bracciali tutte le volte che volevo, ma che lui non l'avrebbe mai fatto. Mi aveva detto che un Atlan era orgoglioso di poter soffrire il dolore causato dalla separazione. Era, secondo lui, un promemoria del dono che gli era stato fatto. Inoltre, impediva a quelli che erano a un passo dal cadere preda della febbre di perdere il controllo della loro bestia.

Uomini. Maschi. Vabbè. A me la scossa che mi avevano mandato questi bracciali non era piaciuta neanche un po'. Ogni volta che sarebbe andato in missione me li sarei tolti.

Anzi, mi sarebbe piaciuto vederlo tornare da me, ansioso di farmeli indossare di nuovo. Nuda.

Wyatt passò correndo. Aveva un mantello legato intorno al collo e aveva una cintura da bambino della Coalizione attorno alla vita. Legata alla cintura c'era una pistola giocattolo e molti altri oggetti di solito indossati dai soldati. Avevo sentito dire da Rachel e Wulf che la madre di

Lindsey si era trasferita qui dalla Terra per vivere con lei e Wyatt.

Carla - questo era il suo nome - stava sorridendo mentre parlava con uno dei guerrieri Prillon più anziani. E il guerriero sì che le stava vicino, molto vicino.

Le aveva appena annusato i capelli?

Poggiai la mano sul braccio di Jorik.

Avrei voluto fargli un paio di domande, ma evitai.

"È adorabile, non è vero?" chiesi indicando il bambino.

"Wyatt? Sì. Bravo ragazzo, ma penso che Jori diventerà più grosso di lui. Più forte."

Io non ne avevo dubbi.

"Ci sono molte bambine qui?" chiesi. Di certo c'era un mucchio di testosterone.

"Tia Zakar. I suoi padri sono Hunt e Tyran."

"Prillon?" Chissà chi erano. Avevo sentito parlare di Kristin, l'altra terrestre che viveva qui e che, come Rachel, era la compagna di due guerrieri Prillon, ma non l'avevo ancora conosciuta. "Kristin, giusto? Dalla Terra?"

"Sì. Ma è qualche giorno che si trova nelle caverne. I suoi compagni sono con lei. E, ovviamente, hanno portato con loro il bambino."

"Nelle caverne?"

Ovvio che l'avessero fatto. Sorrisi, non vedevo l'ora di conoscere un'altra terrestre, soprattutto una abbastanza spavalda da trascinare due compagni Prillon con lei così che lei potesse dare la *caccia* allo Sciame nelle caverne sotterra. Sembrava una specie di superdonna.

"E ci sono anche i gemelli di Rezzer. Una è una femmina." Jorik si guardò intorno. Sembrava che stesse cercando quei due gemelli, ma io sapevo che in realtà stava cercando Jori, che era con Rachel e ora era in braccio a un Prillon che era più cyborg che altro. Ma sorrideva al piccolo e lo stringeva sé con fare gentile.

Parli del diavolo... Due bambini piccoli passarono gridando e correndo. La ragazzina stava rincorrendo il fratellino. Indossava un vestito rosa e aveva dei nastri nei capelli, ma era veloce e strinse suo fratello in un abbraccio feroce: era chiaro che non sarebbe stata timida da grande.

Rezzer, una bestia gigante, prese in braccio la bambina e la portò da noi.

"Dovete farne una anche voi" disse sorridendo a sua figlia. Gli assomigliava. La bambina gli accarezzò la guancia. "Avere un primogenito maschio va sempre bene, ma poi dovete fare una figlia. Pensi di essere protettivo con tuo figlio, Jorik? Aspetta e vedrai."

Rezzer baciò la testa della bambina e la posò sulle ginocchia di Jorik. Lei gli si mise in piedi sulle ginocchia e gli diede delle pacche sulle guance. Jorik sgranò gli occhi, tenendola per la vita per impedirle di cadere.

"Compagna, voglio una figlia" disse guardando CJ.

Sì, una bambina dolce come CJ, ma con gli occhi di Jorik... Le mie ovaie erano pronte.

"Deve assomigliare a te" disse girandosi verso di me, e il calore che scorsi nei suoi occhi era per me sconosciuto prima di incontrare lui. Adorazione. Amore. Accettazione totale.

Il cuore mi traboccava di gioia.

"Va bene."

Lui sgranò gli occhi. "Va bene? Ora?"

Mi ero fatta fare un'iniezione anticoncezionale dal dottore, ma sapevo che era un procedimento riversibile. "Andrò dal dottore, così possiamo cominciare a darci da fare. Ma, nel frattempo, possiamo... fare pratica."

Jorik scattò in piedi tenendo la piccola CJ penzoloni davanti a lui. Andò da suo padre e gliela diede.

Jorik cercò Jori, vide che era tra le braccia di un Atlan e che dormiva alla grossa. "Kai!"

L'alieno guardò Jorik.

"Sorveglia Jori."

"Sarà fatto." Kai sorrise, e mi accorsi che aveva temuto che Jorik - o io - avessimo potuto incolparlo per quello che era successo con... Wendy. Quella pazza. Basta, non volevo più pensare al suo nome, d'ora in poi lei per me sarebbe stata semplicemente *la pazza*.

Jorik mi prese per mano e mi trascinò verso la porta.

"Aspettate! Pensavo toccasse a me adesso!" ci disse Rachel.

Jorik si girò verso di lei. "Devi tenerlo vivo e felice, altrimenti te la vedrai con la mia bestia. Ora, se vuoi scusarmi, devo occuparmi della mia compagna."

Prima ancora che avessi il tempo di sussultare, Jorik mi aveva sollevato e mi aveva deposto sulla sua spalla. Mi dimenai e allora lui mi diede uno schiaffo sul culo e mi portò fuori dalla sala mensa.

"Compagna, vuoi fare pratica per fare una figlia? Te la faccio vedere io, la pratica. E poi penseremo a eliminare quegli anticoncezionali dal tuo corpo e a farne una per davvero."

Non avevo di certo intenzione di contraddirlo. Guardando il suo culo sodo che si contraeva mentre mi trasportava verso i nostri alloggi, capii che la vita non poteva migliorare più di così. Anche se con ogni probabilità presto una bambina si sarebbe unita alla nostra famiglia.

Perfetto.

ISCRIVITI ALLA NEWSLETTER

Iscriviti alla mia mailing list per essere il primo a sapere di nuove uscite, libri gratuiti, prezzi speciali e altri omaggi di autori.

http://ksapublishers.com/s/bw

ALTRI LIBRI DI GRACE GOODWIN

Programma Spose Interstellari

Dominata dai suoi amanti

Il compagno prescelto

La compagna dei guerrieri

Rivendicata dai suoi amanti

Tra le braccia dei suoi amanti

Unita alla bestia

Domata dalla bestia

La compagna dei Viken

Il Figlio Segreto

Amata dalla bestia

L'amante dei Viken

Lottando per lei

L'amante dei ribelli

Reclamata dai Viken

Programma Spose Interstellari: La Colonia

La schiava dei cyborg

La compagna dei cyborg

Sedotta dal Cyborg

La sua bestia cyborg

La febbre del cyborg

Il cyborg ribelle

Cofanetto La Colonia (Libri 1 - 3)

Cofanetto La Colonia (Libri 4 - 6)

ALSO BY GRACE GOODWIN

Interstellar Brides® Program: The Beasts

Bachelor Beast

Interstellar Brides® Program

Assigned a Mate

Mated to the Warriors

Claimed by Her Mates

Taken by Her Mates

Mated to the Beast

Mastered by Her Mates

Tamed by the Beast

Mated to the Vikens

Her Mate's Secret Baby

Mating Fever

Her Viken Mates

Fighting For Their Mate

Her Rogue Mates

Claimed By The Vikens

The Commanders' Mate

Matched and Mated

Hunted

Viken Command

The Rebel and the Rogue

Interstellar Brides® Program: The Colony

Surrender to the Cyborgs

Mated to the Cyborgs

Cyborg Seduction

Her Cyborg Beast

Cyborg Fever

Rogue Cyborg

Cyborg's Secret Baby

Her Cyborg Warriors

The Colony Boxed Set 1

Interstellar Brides® Program: The Virgins

The Alien's Mate

His Virgin Mate

Claiming His Virgin

His Virgin Bride

His Virgin Princess

The Virgins - Complete Boxed Set

Interstellar Brides® Program: Ascension Saga

Ascension Saga, book 1

Ascension Saga, book 2

Ascension Saga, book 3

Trinity: Ascension Saga - Volume 1

Ascension Saga, book 4

Ascension Saga, book 5

Ascension Saga, book 6

Faith: Ascension Saga - Volume 2

Ascension Saga, book 7

Ascension Saga, book 8

Ascension Saga, book 9

Destiny: Ascension Saga - Volume 3

Other Books

Their Conquered Bride

Wild Wolf Claiming: A Howl's Romance

I LINK DI GRACE GOODWIN

Puoi seguire Grace Goodwin sul suo sito, sulla sua pagina Facebook, sul suo account Twitter, e sul suo profilo Goodread usando i seguenti link:

Web:

https://gracegoodwin.com

Facebook:

https://www.facebook.com/profile.php?id=100011365683986

Twitter:

https://twitter.com/luvgracegoodwin

Goodreads:

https://www.goodreads.com/author/show/15037285.Grace_Goodwin

L'AUTORE

Grace Goodwin è un'autrice di successo negli Stati Uniti e a livello internazionale, di romanzi di fantascienza e paranormali. I titoli dell'autrice sono disponibili in tutto il mondo in più lingue nel formato e-book, cartaceo, audio e app di lettura. Due migliori amiche, una l'emisfero destro e l'altra quello sinistro, compongono il pluripremiato duo di scrittrici Grace Goodwin. Sono entrambe madri, appassionate di escape room, avide lettrici e intrepide bevitrici delle loro bevande preferite. (Potrebbe esserci o meno una guerra tra tè e caffè in corso durante le loro comunicazioni quotidiane.) Grace ama ricevere commenti dai lettori.

www.ingramcontent.com/pod-product-compliance
Lightning Source LLC
LaVergne TN
LVHW011822060526
838200LV00053B/3868